LUMBESEGGEL

Im Elztal geboren und aufgewachsen, verbindet das Autorenehepaar unter anderem die Liebe zur Heimat. Während des ersten Corona-Lockdowns im Frühjahr 2020 erschien der Debütroman »Totengfriss«, der während der Elzacher Fasnet spielt. »Dank« des zweiten Lockdowns halten Sie das Nachfolgewerk in Händen.

B. ENGELREITER

LUMBESEGGEL

Schwarzwald Krimi

emons:

Bibliografische Information der Deutschen Nationalbibliothek
Die Deutsche Nationalbibliothek verzeichnet diese Publikation
in der Deutschen Nationalbibliografie; detaillierte bibliografische Daten sind im Internet über http://dnb.d-nb.de abrufbar.

© Emons Verlag GmbH
Alle Rechte vorbehalten
Umschlagmotiv: Dave Wall/Arcangel.com,
shutterstock.com/Wall to wall
Umschlaggestaltung: Nina Schäfer, nach einem Konzept
von Leonardo Magrelli und Nina Schäfer
Umsetzung: Tobias Doetsch
Gestaltung Innenteil: DÜDE Satz und Grafik, Odenthal
Druck und Bindung: CPI – Clausen & Bosse, Leck
Lektorat: Barbara Wenz
Printed in Germany 2022
ISBN 978-3-7408-1615-5
Schwarzwald Krimi
Originalausgabe

Dieses Buch enthält Zitate aus den Filmen »Batman« (1989),
»The Dark Knight« (2008), »The Dark Knight Rises« (2012)
und »Suicide Squad« (2016) sowie aus den Liedern »Auf der
Vogelwiese« (Text: Gerald Weinkopf) und »Feuervogel flieg«
(Text: Kastelruther Spatzen).

Unser Newsletter informiert Sie
regelmäßig über Neues von emons:
Kostenlos bestellen unter
www.emons-verlag.de

Für Opa August
(1929–2021)

Für Oma Irmgard
(1923–2019)

*We stopped checking for monsters under our bed
when we realized they were inside us.*

Charles Darwin

Prolog

Wie hatte es nur so weit kommen können? Ich kauerte zusammengesunken im Dreck. Fasziniert und erschüttert zugleich beobachtete ich, wie das Gebäude, das wir in Brand gesteckt hatten, nach und nach in sich zusammenfiel.

Die Flammen erhoben sich bis hoch in den Nachthimmel. Schwarzer Rauch verschlang die Sterne.

Erschöpft fielen mir die Lider zu, doch sofort sprangen mich diese vor Angst geweiteten Augen wieder aus der Dunkelheit an – die Verzweiflung, die in ihrem Blick lag, schlug mir fast physisch in den Magen. Dieses Bild würde mich noch lange in meinen Träumen verfolgen, da war ich mir sicher. Mein Blick wanderte zu meiner Dienstwaffe, die noch immer schwer in meiner Hand lag. Ich versuchte mir verzweifelt einzureden, dass ich das Richtige getan hatte. Dass es die einzige rationale Entscheidung gewesen war, sie zu erschießen. Was hätte ich sonst tun sollen?

Aber meine Gefühle, mein ganzer Körper rebellierten gegen diese nüchterne Logik. Ich zitterte am ganzen Leib. Und das sicher nicht wegen der nächtlichen Temperaturen. Mein Schädel tat höllisch weh, und alles, was meine Sinne erreichte, fühlte sich an, als hätte es zuvor einen dichten Filter überwinden müssen. In meinen Ohren hallten noch immer ihre Todesschreie wider und wollten einfach nicht verstummen. Es hatte drei Schüsse gebraucht, bis sie endlich still war. Ich war kurz davor, zu heulen.

Mein Blick wanderte zu Ann-Sophies reglos vor mir liegendem Körper. Trotz all des Bluts an ihrer Schläfe, des Drecks, in dem sie lag, trotz allem, was passiert war – sie war immer noch wunderschön. Die Flammen warfen warmes Licht auf ihre bleichen Wangen. Mir wurde schwindlig. Ich drehte mich schnell weg, aus Angst, mich zu übergeben. Versuchte aufzustehen. Die schnelle Bewegung war gar nicht gut. Schwarzviolette Sternchen regneten in meinen Blick. Meine Beine knickten weg.

Mich umfing gnädige Schwärze.

Eins

Zehn Tage zuvor …

Bereits beim Aufwachen dämmerte mir, dass das kein
guter Tag werden würde. Opa Erwins heiseres Geschrei
zerrte mich nach und nach aus einem komatösen Schlaf an
die Bewusstseinsoberfläche. Dieses Bewusstsein bestand
erst mal ausschließlich aus einem höllischen Durst und
dröhnendem Pochen in meinem Schädel. Kein Wunder,
dass mein Körper diesen Zustand zu vermeiden versucht
hatte und sich danach sehnte, wieder in die traum- und
empfindungslose Schwärze zurückzugleiten.

Da verband sich Opas Geschrei mit dem schrillen Klingeln meines Weckers und zwang mich, zu reagieren.

Die rot leuchtenden Ziffern zeigten gerade einmal acht
Uhr. Gefühlt hatte ich keine drei Stunden geschlafen. Genau wusste ich es, ehrlich gesagt, nicht. Ausschlafen am
Sonntagmorgen war mir heilig, insbesondere wenn am
Abend vorher irgendwo ein Fest gewesen war. Ehrlicher-
weise muss man sagen, dass es im sommerlichen Elztal
kaum ein Wochenende ohne irgendein Dorf- oder Ver-
einsfest gab, manchmal auch gleich zwei oder drei zum
selben Datum. Private Feierei nicht mitgezählt.

Eigentlich war ich das also gewohnt, musste bisher
allerdings auch noch nie am Sonntag nach einem Fest in
aller Früh zum Teambuilding mit meiner neuen Kolle-

gin – Kommissarin Ann-Sophie Klett – in den Odenwald. Als ob eine ganze Woche Psychospielchen nicht schon schlimm genug wäre: warum auch noch im Odenwald? Wenn wir hier von etwas genug hatten, dann ja wohl Wald! Aber Teambuilding in der Natur war eben der neueste Trend, der mittlerweile sogar unseren Chef, den ansonsten nicht so fortschrittlich denkenden Schondelmaier Kurt, erreicht hatte. Und es war ja so wichtig, als Team gut agieren zu können, und einfach die beste Möglichkeit, dass Ann-Sophie und ich uns so richtig gut kennenlernten und so weiter. Frau Disch würde vor Begeisterung ganz aus dem Häuschen sein, wenn Ann-Sophie und ich beim nächsten Anruf wegen häuslicher Gewalt als perfekt eingespieltes Team ihren besoffenen Gatten festnehmen würden. Oder der Vollmer Klaus – wenn wir gegen die falsch gepflanzten Bäume seines Nachbarn vorgehen mussten, konnten wir uns darauf verlassen, dass der jeweils andere hinter unserer Entscheidung stand. Egal, ob wir Herrn Vollmer die Bäume selber rausreißen ließen oder seinen Nachbarn zwangen, sie rausreißen zu lassen, oder ob wir aus lauter Wut über diese ständigen Streitereien die Bäume einfach selbst herausrissen.

Ann-Sophie war sofort Feuer und Flamme gewesen, auch wenn ich stark vermutete, dass sie selbst von einem Seminar zur Entwicklung eines agilen Mindsets während des Schwimmens mit Haien begeistert gewesen wäre, wenn es nur die Chance barg, dem Schreibtisch und den sich stapelnden Nachbarschaftsstreitigkeiten zu entkommen. Zwar waren wir eigentlich für Gewaltdelikte zuständig, aber wenn da gerade Flaute war, wurden uns eben andere polizeiliche Tätigkeiten aufgetragen – außerdem war die Schnittmenge von Nachbarschaftsstreitigkeiten und Gewaltdelikten nicht unerheblich.

Auf jeden Fall nahm Ann-Sophie es mal wieder genau und wollte auf keinen Fall die freiwillige Anreise am Vortag des Seminars mit dem ersten gemeinsamen Essen am Sonntagmittag und anschließender Odenwald-Wanderung verpassen. Vermutlich inklusive Kennenlernrunde, Wollknäuelwerfen und meditativem Tanz. Den heiligen Sonntag für so was zu opfern … Vier volle Tage bescheuertes Teambuilding reichten mir, musste man da am Sonntag schon in aller Herrgottsfrühe losfahren? Aber unser Chef war von so viel Engagement völlig hingerissen, und ich hatte dann nichts mehr zu melden gehabt. Immerhin konnte ich so ordentlich Überstunden aufbauen. Und gegen etwas Zeit mit Ann-Sophie allein hatte ich auch nichts einzuwenden.

»Wendelin, wo bisch denn du? D' Ann-Sophie isch schu do!«, schrillte Oma Erika von unten.

»Jaja, ich komm ja schon«, brummelte ich vor mich hin und suchte ein paar Klamotten zusammen. Ich schüttete mir zwei Handvoll Wasser ins Gesicht und zwei Gläser davon in den durstigen Rachen und versuchte, mit den noch nassen Händen die schlimmsten Wirbel meiner zu Berge stehenden Haare anzudrücken. Na, dann mal los!

»Guten Morgen«, zwitscherte mir meine Kollegin ekelhaft gut gelaunt entgegen, als ich die Fahrertür öffnete und versuchte, halbwegs würdevoll in dem tiefergelegten Gefährt Platz zu nehmen.

Wahrscheinlich war Ann-Sophie schon seit mehreren Stunden wach, hatte eine ausgiebige Yogaeinheit hinter sich, ein gesundes Chia-Leinsamen-Müsli intus und hatte bestimmt auch schon die Dienstmails gecheckt und beantwortet. Auf jeden Fall sah sie ungemein frisch und strahlend aus. Zumindest, soweit ich das aus meinen verquollenen Augen beurteilen konnte. Dafür hatte die alte

Spaßbremse aber auch die Party des Jahrhunderts verpasst.

Aus den Augenwinkeln sah ich, wie Oma hinaus auf den Hof geeilt kam. Meine Großeltern, meine Eltern und ich wohnten alle, wie auch schon meine Urururgroßeltern, zwar in eigenen Wohnungen, aber dennoch mehr oder weniger gemeinsam auf dem Wisserhof.

»Hesch alles, Wendelin?«, fragte meine Oma besorgt, als wäre ich keine zweiunddreißig, sondern auf dem Weg zu meiner ersten Landschulheimübernachtung. »Do hesch zehn Mark, kaufe euch emol ebbis Schöns. Aber nid verliere, gell!«, flüsterte sie verwegen grinsend und steckte mir so schnell den Geldschein zu, als hätte sie mir ein Tütchen Gras vertickt.

»Danke.« Keine Ahnung, ob es im Odenwald viel Geeignetes gab, um sich was zu kaufen, aber Omas immer gleiche Geste, wenn ich länger wegfuhr, rührte mich.

»Moche's gut!«, »Fahr vorsichtig!«, »Länn's eich gut gehe!« Als ob wir in den Urlaub fahren würden!

»Un, Ann-Sophie, bass uff de Wendelin uff, nid dass der widda irgend ä Blödsinn mocht.«

»Sowieso!«, erwiderte Ann-Sophie augenzwinkernd. »Tschüss, ihr alle!«

»Ich mach noch mal kurz die Augen zu«, verkündete ich, als ich mich in einen der Schalensitze von Ann-Sophies Mini Cooper S gezwängt hatte.

»Ist mir recht, dann kannst du schon mal nicht an meinem Fahrstil rumnörgeln.« Wie immer fuhr Ann-Sophie wie eine gesengte Sau. Das war heute weder für meinen dicken Schädel noch für meinen nervösen Magen erfreulich. »Und mach das Fenster auf, du hast echt 'ne üble Fahne! Warst du schon wieder saufen?«, ergänzte sie, während sie mit heulendem Motor vom Hof gen Tal schoss.

»Saufen? Das hört sich so negativ an … Ich war feiern.«

Ann-Sophie fuhr, die Kurve bis auf den letzten Zentimeter ausnutzend, die Schnellstraßenzufahrt bei Gutach mit der maximal erlaubten Höchstgeschwindigkeit hoch. Mein Magen rebellierte, und mein Nacken versteifte sich gegen die Fliehkräfte. Zum Glück ging es ab jetzt im Wesentlichen geradeaus. Ich verkniff mir gerade noch so einen Kommentar und wollte den Rest der Fahrt nutzen, um etwas Schlaf nachzuholen. Leider war meine Begleiterin da wenig rücksichtsvoll.

»›Feiern‹ nennst du das also … Irgendwie habe ich das Gefühl, dass Saufen und Feiern bei dir synonym zu gebrauchen sind? Ich weiß ja nicht, aber irgendwie passt dieses postpubertäre Verhalten nicht zu einem Erwachsenen in seinen Dreißigern, oder?«, bekundete sie ungefragt.

»Was geht dich das an? Könntest ja mal mitkommen. Würde dir guttun.«

»Gut, dass *du* weißt, was *mir* guttut!«, moserte sie. »Ich würde mir an deiner Stelle lieber mal Gedanken über deinen Alkoholkonsum machen. Es weiß ja mittlerweile wohl wirklich jeder, dass Alkohol, bereits in kleinen Mengen …«

Herrgott noch mal. Hoffentlich ging das jetzt nicht die nächsten drei Stunden so weiter mit der Moralapostelei.

Trotz des röhrenden Sportauspuffs glitt ich bald hinüber in einen Halbschlaf, der mich an einen weitaus angenehmeren Ort brachte.

***

Gestern war ich auf der vermutlich legendärsten Poolparty, die das Elztal je gesehen hatte. Das war insofern nicht weiter verwunderlich, als kaum jemand im Elztal einen eigenen Pool besaß. So Aufstelldinger galten nicht, die liefen für mich eher unter der Kategorie überdimensionierte Planschbecken.

Wobei, einen richtigen Pool hatte es gestern Abend auch nicht gegeben.

Es begann alles ein paar Tage zuvor – mit einem unerwarteten Besucher:

»Hey, Wende. Cool, dass du Zeit für mich hast.« Andre Fischer hob schüchtern die Hand, als ich ihm die Tür öffnete.

»Salli«, ich setzte zu einer unbeholfenen Umarmung an, »schön, dich mal wiederzusehen. Ist ja schon eine Weile her.«

Damit untertrieb ich gewaltig. Locker zehn Jahre hatte ich kein Wort mehr von dem Kerl gehört. Und hätte Andre sich vorhin nicht mit einer schüchternen WhatsApp angekündigt, ich weiß nicht, wie lange ich ihn verdutzt angestarrt hätte, bis ich sein Gesicht hätte zuordnen können. Dabei hatte er sich kaum verändert. Außer die Haare natürlich. Als wir uns in der elften Klasse am Technischen Gymnasium kennenlernten, hatte er sich gerade eine lange Metal-Mähne wachsen lassen. Nun glänzten seine Haare eher durch Abwesenheit, wobei die ungleiche Verteilung von Stoppeln an den Seiten und glatter Platte erahnen ließen, dass die neue Frisur vielleicht eine nicht ganz freiwillige Entscheidung darstellte. Wie dem auch sei: So haarlos, mit Hemd und Jeans, machte Andre einen deutlich seriöseren Eindruck als früher.

Die allermeisten meiner TG-Klassenkameraden kamen damals von der Realschule. Von den Gymnasiasten war Andre der einzige, der sein allgemeinbildendes Gymnasium nicht wegen »Problemen mit den Lehrern« gewechselt hatte, sondern weil er einfach möglichst viel

Zeit mit naturwissenschaftlichen Nerd-Fächern verbringen wollte, vor allem mit Physik. Seine Leidenschaft für Formeln aller Art war fast ansteckend. Leider nur fast: Spätestens nach den ersten Klausuren auf dem Technischen Gymnasium waren meine Motivation und mein Notenschnitt wieder auf dem Boden der Tatsachen gelandet.

Wir setzten uns, jeder ein Bierchen in der Hand, auf eine nicht weit vom Hof gelegene Bank bei dem alten Kirschbaum, unter dem Opa Erwin schon in jungen Jahren bei der Feldarbeit Schutz vor der Sonne gesucht hatte, und blickten auf das in der Nachmittagshitze brütende Elztal hinab. Am Horizont flirrten die Dächer Freiburgs. Wir nippten an unserem Bier und hingen den alten Zeiten nach.

Während der Schulzeit hatten wir manchmal zusammen online am PC gezockt. Ehrlich gesagt war Andre für mich in jedem Spiel unschlagbar gewesen. Genau umgekehrt verhielt es sich zum Glück im Schulsport, wobei das auch das einzige Fach war, in dem ich ihm etwas voraushatte. Andre war von Anfang bis Ende Jahrgangsbester, und das, obwohl er spätestens ab Klasse zwölf, als »World of Warcraft – Burning Crusade« auf den Markt kam, kaum noch auf Klassenarbeiten lernte und selten vor drei Uhr nachts ins Bett kam. Den Schlaf holte er am Wochenende nach, aber manchmal gelang es uns, ihn zu überreden, mit nach Freiburg zu kommen. Obwohl Andre alles andere als ein Partylöwe war, hatten wir meist viel Spaß zusammen. Nicht selten ging der allerdings auf Andres Kosten, da die halbe Portion deutlich weniger aushielt als der Rest von uns.

Leider endete unsere Freundschaft, wenn man das überhaupt so nennen konnte, jäh, als Andre während seines Freiwilligen Sozialen Jahres Karolin kennenlernte. Seitdem war er für nichts mehr zu haben. Hinzu kam, dass er kurz darauf sein Studium am Karlsruher Institut für Technologie begann.

»Wie geht's eigentlich Karolin? Ich hab gehört, ihr habt 'nen Bauplatz in Kollnau bekommen?« Meine Fragen hingen ein paar Sekunden unbeantwortet in der Luft, aber ich hatte schon bei der Erwähnung von Karolins Namen bemerkt, dass da etwas im Busch war.

Mit unterkühlter Miene verkündete Andre mir, dass er und Karolin nicht mehr zusammen waren. Wobei seine spärlichen Worte bei mir keinen Zweifel aufkommen ließen, dass wohl sie die Beziehung beendet hatte.

Daher also die plötzliche Kontaktaufnahme.

Schnell war klar, dass Andre nicht erpicht darauf war, mir sein gebrochenes Herz auszuschütten, sondern Ablenkung zu finden. Und so ließen wir das Thema fallen wie eine heiße Kartoffel. Trotz vieler Jahre Funkstille wurden wir schnell wieder warm miteinander, und das Gespräch floss, jetzt, wo alles geklärt war, ungezwungen dahin. Sicher hatte ihn das Beziehungsende hart getroffen, aber offensichtlich war er fest entschlossen, sich das nicht anmerken zu lassen. Im Gegenteil. Er strotzte vor Tatendrang, wollte an alte Zeiten anknüpfen und unbedingt mal wieder um die Häuser ziehen. Irgendwie machte er den Eindruck, als ob er glauben würde, er hätte in den Jahren mit Karolin irgendetwas Wichtiges verpasst und müsste das nun schleunigst nachholen. Was ich davon halten sollte, wusste ich nicht so recht. Gesund wirkte Andres Verhalten auf mich jedenfalls nicht. Vor allem nicht, wenn man wusste, wie er »normal« drauf war. Das Liebes-Aus mit Karolin tat mir wirklich leid. Andererseits war ich egoistisch genug, mich zu freuen, einen alten Kumpan für etwaige Feiereien wieder zurückzuhaben.

Und so fanden wir uns am Samstagabend in altbewährter Runde auf dem Waldkircher Stadtfest ein. Und trotz allem, was zwischen uns passiert war, fühlte es sich ziemlich schnell wieder an wie früher. Also so ungefähr nach dem zweiten Hefeweizen.

Mit einem Elan, den ich Andre nie zugetraut hätte, laberte er sich trotz sichtlicher Schräglage in die Herzen einer Gruppe hübscher Mädels, die zu großen Teilen aus Mitgliedern des Biederbacher Musikvereins zu bestehen schien. In so kleinen Dörfern wie Biederbach hatte man ab seiner Jugend im Wesentlichen nur zwei Möglichkeiten, seine Freizeit zu gestalten: Fußball oder Musik. Die Mädels hatten sich offensichtlich ganz genderkonform für Letzteres entschieden.

Auch mein Kumpel Simon, der sich selbst für den größten Casanova zwischen Kandel und Rohrhardsberg hielt, war vollkommen in seinem Element. Max war ein eher ruhiger Zeitgenosse und schien ganz zufrieden, einfach nur Teil der Runde zu sein. Und auch ich war an diesem Abend nicht sonderlich an weiblicher Bekanntschaft interessiert, hatte ich doch bereits andere Pläne gefasst. Aber zu diesem Kapitel kommen wir noch.

Auf jeden Fall deutete alles darauf hin, dass es ein lustiger Abend werden würde. Doch dann kam alles anders.

Wir hatten beschlossen, gemeinsam die Dschungel-Bar und die dort servierten Cocktails etwas genauer unter die Lupe zu nehmen. Doch lauerte in der Dschungel-Bar eine ernsthafte Gefahr für meine liebestollen Kumpane: Der lässig am Tresen lehnende Kerl war selbst mir sofort aufgefallen. Nicht nur seine beachtliche Größe von geschätzt gut eins neunzig und seine Platzierung direkt unter einer der Barleuchten, die seinem nachtblauen Jackett mitsamt dem perlweißen Hemd einen edlen rot-blau wechselnden Schimmer verliehen, ließen ihn aus der trüben Masse hervorstechen. Die beiden obersten Knöpfe des Hemdes waren lässig geöffnet und ließen einen dezenten Blick auf den gut gebauten Oberkörper und einen Ansatz dunklen Brusthaars zu. Bloße Fußgelenke steckten im Bachelor-Style in teuer aussehenden Echtleder-Budapestern oder wie man diese Dinger nennt. Breiter Mund über markantem Kinn. Dunkle Augen unter buschigen Augenbrauen, die melancholisch ins Nichts blickten, bevor sie mit einem besorgniserregenden Aufleuchten die uns begleitende Mädelsgruppe fixierten. Die protzige Uhr am Handgelenk kostete vermutlich mehr als mancher Kleinwagen und war bestimmt tiefsee- und weltalltauglich. Mir war der Kerl auf Anhieb unsympathisch. Nachdem der Typ mit wenigen gekonnten Sätzen die neue Sonne im Planetensystem der uns begleitenden Frauen geworden war und Andre und sogar Simon nur noch irgendwo am Rande des Aufmerksamkeitsfeldes dahindümpelten, behielten die beiden, betrunken und in ihrer Männerehre gekränkt, ihren Unmut auch nicht lange für sich.

Der etwas zurückhaltendere Andre beschränkte sich darauf, den neuen Konkurrenten mit hasserfüllten Blicken zu strafen, was diesen aber in keiner Weise zu tangieren schien – er ignorierte Andre komplett. »Jetzt klaut dieses arrogante Arschloch uns auch noch die Mädels!«, grummelte dieser wütend.

Simon hingegen beschloss, um wenigstens physisch noch Beachtung zu finden, sich neben den Kerl zu drängen, bevor der sich mit der hübschesten Vertreterin der Gruppe allzu intim unterhalten konnte. Dabei stieß er – ungeschickt oder gewollt, das sei mal dahingestellt – gegen seinen nicht weichen wollenden Konkurrenten und verwandelte dessen randvollen Cocktail in einen nur noch halb vollen. Das auf den Cocktailunfall folgende Wortgefecht mit Mr. Wichtig war so niveaulos und würde ein derart schlechtes Licht auf meine Freunde werfen, dass ich lieber den Mantel des Schweigens darüber ausbreiten möchte. Der Erbostheit über die spontane Verflüchtigung seines Getränks und die klebrige Flüssigkeit auf seiner edlen Uhr und Hand folgte dann, was leider jeder schon etliche Male an Orten mit zu vielen Alkoholisierten und zu wenig Platz erlebt hat: Der Typ und Simon standen sich gegenüber wie zwei kampfbereite Guller. Max und ich konnten eben noch so verhindern, dass es handgreiflich wurde, indem ich mich zwischen die Kontrahenten stellte und Simon mit breiter Brust und viel Körpereinsatz davon abhielt, auf den Lackaffen loszugehen. Vermutlich war er ganz froh, dass ich ihn so vehement daran hinderte, in die Faust des Jackett-Chauvis zu rennen. Im Große-Töne-Spucken war Simon jedenfalls unangefochtener Meister.

Den wichtigsten Part dieser unwürdigen Auseinandersetzung muss ich jetzt aber doch noch wiedergeben: Alle hatten sich wieder ein Stück weit beruhigt, und man beschloss, getrennte Wege zu gehen. Auch die Mädels mussten somit Partei ergreifen, mit wem sie weiterzogen. Gerade nach den überflüssigen Hahnenkämpfen war es wenig verwunderlich, dass sie sich eher für den groß gewachsenen Bachelor-Kandidaten entschieden. Selbst die kleine brünette Klarinettistin, mit der sich Andre besonders gut unterhalten hatte und die ihm offensichtlich sehr gefiel, schien den Rest ihrer Freundinnen nicht zugunsten von Andre zurücklassen zu wollen, schwankte aber offensichtlich noch in ihrer Entscheidung – da packte der

Schnösel auch noch seine Geheimwaffe aus und lud die Mädels zu einer Poolparty in seiner Villa am kommenden Sonntagnachmittag ein. Den Blick, den der Kerl Andre und Simon daraufhin zuwarf, als die Mädels jubelnd im Kreis hoppelten, war an Arroganz nicht zu überbieten.

Da sagte Andre etwas, das den Rest von uns in fassungslose Schockstarre fallen ließ: »Hey, hört mal alle her! Nächsten Samstag schmeiß ich auch eine riesige Poolparty! Schaut mich nicht so an! Ohne Scheiß! Ihr seid alle eingeladen! Ich meine das ernst. Das wird die Poolparty eures Lebens! Es gibt Sekt und Cocktails aufs Haus … Ihr seid alle herzlich willkommen.«

Der Jubel war deutlich unsicherer als beim ersten Mal. Aber die Mädels waren so angetrunken, dass sie sich schon freudestrahlend in die Arme fielen, wenn eine nach längerem Schlangestehen von der Toilette zurückkehrte. Gleich auf zwei Poolpartys eingeladen zu werden passierte einem nicht alle Tage. Erst recht nicht in Biederbach. Im Prinzip war das ein effektiver, wenngleich wenig kreativer Konter, der Andre eine zweite Chance bei seinem Schwarm ermöglichte. Da gab es nur ein Problem.

»Ähm, Andre, prinzipiell schöne Idee. Aber hast du da nicht was Wichtiges übersehen?«, fragte ich.

»Was meinst du?«

»Na ja, was braucht man denn für eine Poolparty?«

»Schönes Wetter, kalte Drinks und heiße Mädels im Bikini?«

»Wie wär's erst mal mit 'nem Pool?«

Soweit ich wusste, wohnte Andre momentan in seinem alten Jugendzimmer bei seinen Eltern, weil er aus der gemeinsamen Mietwohnung mit Karolin ausgezogen war. Zwar hatte er mit Karolin wohl einen der begehrten Bauplätze in Kollnau am Fuße des Ebertles in Richtung

Kohlenbach ergattert, sie hatten sogar schon begonnen zu bauen, aber das Haus steckte noch in der Anfangsphase. Diese Einwände versuchten wir Andre näherzubringen, aber er war einfach zu besoffen, um sich für rationale Argumente zu interessieren – zum Beispiel, dass man für eine Poolparty idealerweise einen Pool besitzen sollte. Die Stimmung war ohnehin gekippt, der Abend gelaufen, und wir begaben uns mit dem Taxi auf den Nachhauseweg.

***

Ich hatte dem Ganzen keine weitere Bedeutung zugemessen, als ich am folgenden Samstagmittag auf einmal einer WhatsApp-Gruppe namens »Poolparty-Palmen-Badehosen-Cocktail-Sonnenbrillen-Emoji« hinzugefügt wurde.

»Packt die Badesachen ein, Leute, für alles andere ist gesorgt. Wir sehen uns!« Darauf folgten noch eine Adresse am Anfang der Kohlenbacher Talstraße und die Uhrzeit.

Ich war überrascht bis irritiert, aber das Wetter war herrlich. Dreißig Grad, sonnig. Wirklich etwas Besseres zu tun hatte ich auch nicht, also schwang ich mich auf mein Fahrrad und radelte, ohne große Erwartungen zu haben, der angekündigten Adresse entgegen. Von unserem Hof bis nach Kollnau brauchte man mit dem Fahrrad hinunter eine knappe Viertelstunde. Zurück, den Berg hoch, würde ich vermutlich mindestens doppelt so lange brauchen – abhängig von meinem Alkoholpegel.

Direkt am Hang unterhalb des Ebertles, wo traditionell die eher Gutbetuchten wohnen, entstand augenscheinlich gerade ein neues Wohngebiet. Viel war davon aber noch nicht zu sehen. Das Gebiet war erschlossen, aber keines der Häuser bereits fertig gebaut. Man sah vor allem viel ausgebaggerte Erde, Baufahrzeuge aller Art, Leitungsrohre.

Neben großen Mehrfamilienhäusern, von denen bereits die Fassade in den strahlend blauen Himmel ragte, gab es auch zwei Einfamilienhäuser. Oder, besser gesagt, die Gruben für die Keller waren bereits ausgehoben und ausbetoniert. Auf eine dieser Kellergruben rannte urplötzlich ein ziemlich beleibter, halb nackter Typ zu und warf sich kopfüber hinein. Schockiert ob dieser selbstmörderischen Aktion blieb ich wie angewurzelt stehen. Das sah alles andere als gesund aus.

Aber die Schreie, die direkt nach dem Sprung an mein Ohr getragen wurden, klangen weder schmerzerfüllt noch entsetzt, eher … weiblich und nach guter Laune. Und war da nicht eben die Spitze einer Aufblaspalme aus der Grube geploppt? Was war hier los?

Von irgendwoher klang leichter Summer-House an mein Ohr. Der unwiderstehliche Geruch von gegrilltem Fleisch lag in der Luft.

Beim Näherkommen schwollen die Beats und auch das Gekreische an. Ein Blick in die Kellergrube klärte alles auf.

»Servus, Wende! Schön, dass du kommst!«, rief mir ein bestens gelaunter Andre zu, bevor er die kreischende Klarinettistin von ihrem grünen Aufblaskrokodil warf. Die erwiderte den Angriff mit heftigen Schlägen ins Wasser, sodass das kühle Nass fast bis an den Kellerrand spritzte. Sehr zum Leidwesen der sonnenbebrillten Blondine, die auf der schwimmenden Mini-Insel samt einsamer Palme lag, bekamen ihre sonnengebräunten Beine doch mehr Wasser ab als Andre, der versuchte, hinter der Insel in Deckung zu gehen. Zwei weitere Mädels, die ich vom letzten Samstag wiedererkannte, ohne mich an ihre Namen zu erinnern, nudelten zwischen Max und Simon auf neongrünen Schwimmnudeln herum, während der Dicke, der eben den Sprung gewagt hatte, wieder hinter einer eingezogenen Betonwand auftauchte und stolz das Ergebnis seiner Tiefseeexpedition in die Luft streckte. Offensichtlich stand auf dem Grund von dem, was mal ein Heizungskeller werden würde, ein Kasten Bier.

»Kumm nab, Wende, isch arschgeil hier!«, grölte mir Max zu und nahm eines der Biere entgegen, die der Dicke soeben geborgen hatte.

Das ließ ich mir nicht zweimal sagen. Es wäre jetzt total cool gekommen, wie mein Vorgänger einfach mit einem Köpfer in die Runde zu starten, aber was Wasser angeht, bin ich echt ein Weichei. Vor allem, wenn ich vorher nicht weiß, wie warm es ist. Das muss wenigstens kurz angetestet werden. Ich erinnere mich da an ein Erlebnis während eines Anwärteraustausches mit der Polizeiakademie von Danzig im Rahmen so eines EU-Integrationsprojekts. Kurz vor Pfingsten. Traumwetter. Wir fahren mit den Polen an den Strand. Weißer Sand, so heiß, dass es an den nackten Sohlen wehtut, vor einem das Meer. Die Polen werfen sich alle freudestrahlend in die Wellen. Was spricht dagegen, es ihnen gleichzutun? Ich renne johlend in die Fluten – Wassertemperatur achtzehn Grad Celsius –, ich renne kreischend wieder raus. Ernte lauter verständnislose Blicke, und meine Reputation als echter Kerl war schneller dahingeschmolzen als das Calippo-Eis, das ich schlotzte, während die anderen in den Wellen tollten. Aber was Wasser angeht, ist brunzwarm für mich gerade warm genug.

Zum Glück war schon eine Kellertreppe in die Grube eingebaut worden. Der erste Fuß im Wasser berichtete mir schon, dass der Pool noch lange nicht meine Wohlfühltemperatur erreicht hatte. Dennoch versuchte ich, halbwegs würdevoll die Treppe hinunterzuschreiten. Ab kurz vor der Gürtellinie wird das immer etwas schwierig. Aber wenn man dann mal drin ist, ist's eigentlich ganz okay.

»Viehmäßig, Andre! Nie hätte ich gedacht, dass du wirklich einen Pool aus dem Hut zaubern würdest«, gratulierte ich Andre, als ich endlich richtig drin war.

»Danke, aber das Lob gebührt nicht mir allein. Ohne Max wäre die Party wohl ins Wasser gefallen, hahaha!«

»Och, so konn ma des jetzt nid sage«, widersprach Max sichtlich geschmeichelt, und seine Wangen wurden noch eine Spur röter, als sie durch die pralle Sonne eh schon waren.

»Oh doch, das kann man. Ich war ganz schön verzweifelt, bis du am Mittwochabend vorbeigekommen bist. Ich hatte immer diese Idee mit dem ohnehin leer stehenden Kellergeschoss im Hinterkopf. Aber wie schwierig es werden würde, das mit Wasser zu füllen, hatte ich in der Situation nicht mal annähernd umrissen.«

»Gibt es hier keinen Wasseranschluss ums Eck?«

»Nicht wirklich. Ich meine, ich könnte bei den Nachbarn dort hinten fragen und einen sehr langen Schlauch besorgen. Aber weißt du, wie viel Wasser man braucht, um das hier zu füllen?«

»Keine Ahnung. Zehntausend Liter oder so?«, mutmaßte ich ins Blaue.

»Pff … Unser Haus hat die Maße von sieben Komma fünf mal neun Komma fünf Meter. Also gute siebzig Quadratmeter Grundfläche.«

»Aha.«

»Na, wenn du auch ein bisschen schwimmen willst,

brauchst du mal mindestens eins Komma fünf Meter Wassertiefe. Haben wir hier ja auch. Und was ergibt das?«

»Puh ... Also mehr als zehntausend Liter?«

»Allerdings! Man braucht hundertfünf Kubikmeter oder hundertfünftausend Liter. Wie fändest du es, wenn es an deiner Tür klingelt, und davor steht ein Typ, der sagt: ›Hi, ich bin Ihr neuer Nachbar, und ach, hätten Sie ein wenig Wasser für mich? Nein danke, ich brauche kein Glas. Ich dachte da so an hunderttausend Liter‹?«

»Was für ein komischer Vogel, würde ich denken.«

»Eben.«

»Ganz ehrlich, wenn du vor der Tür stehst, würd ich das so oder so denken.«

Andre schaute mich böse an, aber war viel zu sehr in seinem Element, um sich durch diese Stichelei unterbrechen zu lassen.

»Der nächste Gedanke war natürlich, Wasser zu kaufen, also im Supermarkt oder so. Allerdings habe ich den Gedanken nach ein paar Zahlenspielen schnell wieder verworfen.«

»Wieso?«

»Das billigste Wasser, das ich im REWE finden konnte, ist der Sechser Eins-Komma-fünf-Liter-Flaschen der Billigmarke für zwei Euro neunundsechzig.«

»Klingt fair.«

»Fair? Das sind dreißig Cent pro Liter. Ich brauch hunderttausend Liter.«

»Okay, das sind ... dreißigtausend Euro. Das kann sogar ich ausrechnen. Ich hab's verstanden. Das wär auch mir zu teuer für den Spaß.«

»Du hast das Pfand vergessen.«

»Oh.«

»Das wären bei hundertfünftausend Liter dann noch

mal siebzehntausendfünfhundert Euro. Aber die bekommt man ja wieder zurück«, erläuterte Andre ungerührt.

»Ich weiß nicht, ob der arme Kerl, der den Pfandautomaten ausräumen muss, das auch so sieht«, gab ich zu bedenken.

»Hmm, daran habe ich gar nicht gedacht.«

»Außerdem frag ich mich, ob die Kassiererin einen Pfandbon über siebzehntausendfünfhundert Euro annehmen muss. Ich halte es auch für unsicher, ob der Pfandautomat diese Zahl überhaupt auf den Bon drucken kann«, grübelte ich weiter.

»Also gut, das wäre in der Tat sehr ärgerlich. Aber Geld ist ohnehin nicht das größte Problem.«

»Ach nein?«

»Nein. Ich meine, man müsste ziemlich oft hin- und herfahren und vermutlich mehrere Supermärkte leer kaufen, aber selbst wenn man dann mal alle Flaschen parat hat ... Ich habe das zum Spaß mal durchgerechnet«, fuhr Mathegroßmeister Andre fort.

»War ja klar.«

»Na jedenfalls: Wenn ich alle Flaschen hier hätte, also das wären bei eins Komma fünf Liter und hundertfünf Kubikmeter Volumen ... Da kämen wir auf siebzigtausend Flaschen. Ich habe mal angenommen, die Flasche greifen, öffnen, den ganzen Inhalt in den Pool laufen lassen und die Flasche in einen Sack packen, für den Fall, dass ich mir die siebzehntausendfünfhundert Euro Pfand doch nicht entgehen lassen möchte, dauert circa zwanzig Sekunden.«

Andre blickte mich erwartungsvoll an. Ich schwieg.

»Man würde dann 1.400.000 Sekunden beziehungsweise mehr als sechzehn Tage hier ununterbrochen am

Pool stehen und Wasser reinlaufen lassen! Das erschien mir zu lang.«

»Gäb vermutlich au' ziemliche Schwiele un ä Tennisarm«, grinste Max.

»Also gut. Ich muss zugeben, nach näherer Betrachtung bin ich noch beeindruckter als zuvor, hier bei euch im Wasserkeller abzuhängen«, sagte ich und meinte es auch so. »Lange Rede, kurzer Sinn: Es ist unmöglich, diesen Pool zu füllen! Aber ihr habt es ja doch irgendwie geschafft. Also spann mich jetzt nicht länger auf die Folter, verdammt, und verrate mir endlich deinen physikalischen Geniestreich!«

»Wie gesagt, ich war ziemlich verzweifelt, als am Mittwochabend Max netterweise auf ein Bier vorbeikam. Ich habe ihm mein Leid geklagt, und er hatte dann die zündende Idee.«

Ich versuchte, mir meine Überraschung nicht allzu sehr anmerken zu lassen. Max war sicher ein kluger Kopf, dafür brauchte man weder Abitur noch Studium. Aber im Allgemeinen war er eher der handwerklich geschickte Praktiker. Ein derartiges Problem zu lösen, an dem Andre Fischer scheiterte und für das auch mir beim besten Willen kein Lösungsansatz einfiel? Offensichtlich gelang es mir nicht so ganz, meine Verwunderung zu überspielen.

»Ja, do gucksch bled us de Wäsch, gä? Also, wie du jo weisch, schaff ich ja grad on de Elektrik im Oberwindener Tunnel.«

Der Oberwindener Tunnel war das lang ersehnte Infrastrukturprojekt im Elztal. Schon seit vielen Jahrzehnten staute sich der Verkehr jeden Tag zu den Stoßzeiten an einer Engstelle in Oberwinden, einem kleinen Kaff, durch das die B 294 führte. Seit der Verkehr in den 1960ern in Deutschland wieder ins Rollen kam, war vehement eine

Umleitung für Oberwinden gefordert und jetzt endlich beschlossen worden. Allerdings ging das nur mit einem kostspieligen Tunnel, weswegen sich die Verantwortlichen auch so viel Zeit mit dem Beschluss gelassen hatten. Nun war es endlich so weit, und die Mineure sprengten sich Meter für Meter durch den Berg. Allerdings schien ein Ende der Bauarbeiten noch in ferner Zukunft zu liegen, derart große Bauprojekte brauchten ja leider generell immer länger als veranschlagt.

»Klar weiß ich das. Aber was hat das mit dem Pool zu tun?«

»Also, es wird jetzt viellicht e wing illegal, aba de Polizischt in dir hört einfach mol weg, okay?«

So was konnte ich zwar generell gar nicht leiden – moralische Zwickmühlen waren nicht so mein Ding. Aber in diesem Fall war ich einfach zu neugierig.

»Du kennst mich doch. Jetzt schieß schon los.«

»Okay. Wie du dir denke konnsch, git's in so einem Berg ziemlich viel Feuchtigkeit. Im Fall vun Oberwinde war des sogar e richtigs Problem. Do isch ordentlich Grundwasser gflosse. Des konn ma zwar später mit Beton gut abdichten, aber solong do nur e Holzverschalung isch, tropft sell überall ni und isch auch wege de Elektrik un so äußerscht problematisch«, erklärte Max.

»Okay, und was hat das mit dem Pool zu tun?«

»Wie gsagt, mir sin uff Grundwasser gstoße. De Bode isch immer widda vollgloffe. D' Tunnelbaufirma het donn großes Gerät liefere losse – e Saugheber. Des isch nid viel meh wie e Pumbi mit sehr longe Schliech, die ordentlich Wasser ussem Tunnel pumpt. Mittlerwiil isch jo schu betoniert, aber de Saugheber stoht immer noch rum, bis er halt irgendwo ondersch brucht wird. Und, also, mieni Idee war halt, sich den mol kurz uszleihe.«

»Krass, ihr seid da eingebrochen?«

»Quatsch, ich hob den eifach in de große Pritschewage packt un bin vum Hof gfahre. Do fahre so viel Baufahrziig rum, des merkt keiner. Er stoht dohinte, hinter selle Rohr. Om Mändigmorge bring ich ihn widda zruck, versproche.«

»Und jetzt habt ihr die Elz leer gepumpt, oder wo habt ihr das ganze Wasser her?«

»Na, bis zur Elz reichen die Rohre jetzt auch wieder nicht. Maximal siebzig Meter bekommen wir hin. Für die letzten zehn Meter haben wir Planen so über den Hang gelegt, dass das Wasser direkt sauber in den Pool läuft. Dann braucht man nur noch die Wassermenge, die man für einen Pool benötigt, im Umkreis von maximal achtzig Metern. Und da gibt es nicht viele Möglichkeiten. Am besten eignet sich natürlich …« Gespannte Stille. »Ein anderer Pool«, rief Andre schelmisch. Mittlerweile hatten sich auch ein paar weitere Partygäste zu uns gesellt. »Und jetzt ratet mal, wer gerade da oben am Hang seine Luxusvilla auf dem Ebertle stehen hat.«

»Keine Ahnung?«

»De Penner vum letschde Somschdig«, warf Max lauthals lachend ein.

»Der Lackaffe im Jackett?«

»Genau der.«

»Ach was? Der wohnt hier aufm Ebertle?«

»Genau, da oben kannst du noch eine Spitze seiner Villa sehen.«

Das Eck eines kubischen Bauwerks im Ibiza-Style, bestehend aus weißen Wänden, Sichtbeton und viel Glas, ragte am oberen Ende des steilen Hangs über eine dichte Hecke aus Hainbuchen.

»Und der hat nichts gemerkt?«

»Scheinbar nid«, erwiderte Max, »ich muss zugäbbe, ich hob gonz schee Schiss gho hit Nocht.«

»Wir sind gegen zwei Uhr heute Nacht eingestiegen, haben das Rohr verlegt und es dann die ganze Nacht laufen lassen. Kurz nach sechs war finito. Dann sind wir wieder hoch und haben die Rohre zusammengepackt. Der Apparat stand die ganze Zeit bei der Baustelle in der Mitte des Hangs am Starkstromnetz. Viel hat man da oben nicht gehört. Wir mussten das Wasser ja kaum mehr als die maximale Pooltiefe hochpumpen. Das schafft der auch auf die Entfernung noch locker. Den Hang runter floss es ja von allein. Und wenn es richtig gut kommt und der heute nicht da ist oder einfach nicht richtig hinschaut, merkt er erst morgen, wenn es zu spät ist, dass er kein Wasser mehr im Pool hat. Denn einen Pool volllaufen zu lassen geht immer viele Stunden. Und dann fällt seine Poolparty flach!«, lachte Andre triumphierend.

»Des wär zu schee, um whor z' si«, ergänzte Max. »Ich dät so gern dem si Gsicht sähne, wenn er sich frogt, wo des gonze Wasser noh isch.«

»Ihr zwei seid ja verrückt. Ich weiß noch nicht, ob es die unglaublichste Party aller Zeiten wird, aber das ist auf jeden Fall die unglaublichste Vorbereitung für eine Party, von der ich je gehört hab.«

Und die Party wurde noch richtig gut. Es kamen immer mehr Leute. Irgendwie hatte sich das rumgesprochen. Nachbarskinder, deren zunächst besorgte Mütter und alle möglichen weiteren Leute, die Andre eingeladen hatte, obwohl er die meisten von ihnen wohl kaum kannte, hatte sich sein soziales Leben in den letzten Jahren doch zu neunundneunzig Prozent nur um Karolin gedreht. Mittlerweile war ich echt froh, dass Andre zurück war, und diese Extraportion Übermut von ihm begann mir echt zu gefallen.

»Wahnsinn, wie ihr das durchgezogen habt, Jungs. Aber hättet ihr das Wasser nicht noch ein bisschen besser beheizen können? Ich frier langsam.«

»Das sind mehr als hunderttausend Liter! Weißt du, wie viel Energie das frisst, die aufzuheizen? Mensch, Wende, jetzt stell dich mal nicht so an. Wenn das die Greta hörn würd«, entgegnete mir Andre lachend.

Max, der aufgrund seines 5er GTI und seiner ähnlich sparsamen Fahrweise wie Ann-Sophie gewisse Vorurteile gegenüber Greta Thunberg hegte, rief: »Loss selli Schindmähre ussem Spiel, die isch doch immer nur om Rummosere.«

»Jetzt komm schon. Die steht mit sechzehn schon vor der Vollversammlung der UNO und liest den Führern der Welt die Leviten. Ich hab mit sechzehn noch gedacht, die UNO wär 'n Kartenspiel.«

»Ja gut, Mut hat sie …«

»FREIBIER FOR FUTURE!«, platzte der beleibte Partylöwe, dessen Namen ich dringend mal in Erfahrung bringen sollte, in unsere Runde, streckte uns allen ein neues Pils entgegen und beendete die Diskussion so dankenswerterweise mit dieser optimistischen Botschaft, auf die wir uns alle einigen konnten.

Zwei

»Hey, Schlafmütze, wach auf«, riss mich Ann-Sophie aus meinen Träumen. »Wir sind da. Ich hoffe, du bist erholt und ausgenüchtert?«

Ann-Sophie beäugte mich skeptisch, als ich langsam begann, aus verkniffenen Augen die Welt um mich herum wahrzunehmen. Erst mal strecken. Das Kopfweh war weg, oder vielleicht war es einfach einige Zentimeter nach unten in den total versteiften Nacken gewandert.

»Ei Guude! Mein Name ist Manfred Kienast, aber ihr dürft mich gerne Manni nennen. Wie das Mammut aus ›Ice Age‹, gelle?«, stellte sich unser hessischer Seminarleiter vor. Der Scherzkeks sah dabei aber eher aus wie ein kurz vor dem Hungertod stehender Hagrid, allerdings mit deutlich ergrautem Haar.

»Das Geschäft scheint nicht sonderlich gut zu laufen. Kann sich nicht mal Schuhe leisten«, witzelte ich leise.

Über den nackten Füßen von Manni zierte ein Band mit hölzernen Perlen das Fußgelenk. Darüber stramme, gebräunte Waden, Bermudas und ein dunkelblaues Batik-Shirt mit der Aufschrift »Make love, not war«, das aussah, als trüge er es schon seit zehn Jahren – durchgehend.

»Willst *du* dich hier wirklich auf einmal zum Modekritiker aufschwingen? Bescheuerte Vorurteile kann ich genauso wenig ausstehen wie Oberflächlichkeit! Und das gerade von dir«, erwiderte Ann-Sophie säuerlich.

Das saß! Mein Magen zog sich zu einem Knoten zusammen. Ich wollte doch nur irgendwie witzig sein. Humor ist Frauen ja angeblich so wichtig. Gerne hätte ich etwas Schlagkräftiges erwidert. Aber mein Kopf war wie leer gefegt. Schlimmer noch: Sie hatte den Nagel auf den Kopf getroffen. Ich mochte Voreingenommenheit genauso wenig und schätzte es sehr, wenn Leute, die ganz anders waren als ich, mich und meine Art trotzdem akzeptierten. So wie Ann-Sophie. Wenn sie nicht gerade ihre fünf Minuten hatte. Oder ich eine Fahne ... Ich war eigentlich humorvoll und selbstbewusst und konnte ganz gut mit Leuten. Hoffte ich zumindest. Nur in Ann-Sophies Gegenwart benahm ich mich immer wieder wie der letzte Dorftrottel, den sie anscheinend auch in mir sah.

Nachdem Manni uns herzlich begrüßt hatte und wir uns alle, ganz normal – ohne Wollknäuel und so – vorgestellt hatten, verkündete er, dass man bitte für die Zeit des Seminars und die nun anstehende Wanderung die Smartphones auf den Zimmern der Herberge lassen solle. Irgendwie fühlte ich mich behandelt wie ein Achtklässler auf Klassenfahrt. Andererseits spielten meine Gefühle, seit wir hier waren, vollkommen verrückt. Ich hatte so viele Erwartungen an dieses bescheuerte Seminar – und wie bei einer echten Klassenfahrt hatten diese Erwartungen, die meinen Magen zum Flattern brachten, rein gar nichts mit dem offiziellen Programm zu tun.

***

»Ooaaah«, stöhnte ich vor Erleichterung und ließ meine endlich von Schuhen und Socken befreiten Füße in den Löschteich vor unserer Herberge gleiten. Die in ihrer Höhe dem Schwarzwald unterlegenen Gipfel der Gegend hatte ich erst belächelt, musste aber feststellen, dass die Odenwälder dafür nicht nach dem ersten Gipfel halt-machten und meine Kondition wohl wirklich nicht mehr die beste war. Vor allem, da ich nicht nur aufgrund der Hitze, sondern auch wegen des vorangegangenen al-koholschwangeren Abends die ganze Wanderung über einen üblen Durst hatte, der wieder aufflammte, kaum dass meine Trinkflasche zurück in den Rucksack geglit-ten war.

Aber hier draußen am Teich, Ann-Sophie zu meiner Linken und ein kühles Helles zu meiner Rechten, war es paradiesisch. Ann-Sophie ließ ihre nackten Waden ab-wechselnd durch das Wasser gleiten, als hätten wir uns heute nicht schon genügend bewegt.

»Und der Freak ist die zwanzig Kilometer komplett barfuß gelaufen. Dieser Manni muss Fußsohlen wie Zie-genleder haben.«

»Oder er ist einfach nicht so eine Heulsuse.«

»Lass uns doch eine Mischung aus beidem annehmen.«

»Akzeptiert.«

Ich genoss Ann-Sophies Gesellschaft. Irgendwie hatte ich bei der ganzen Wanderung kaum Gelegenheit gefun-den, mich mit ihr zu unterhalten. Trotzdem fiel mir nichts ein, um die Konversation am Laufen zu halten. Bloß nicht über Polizeiarbeit reden. Aber über was dann?

Und so saßen wir eine Weile einfach schweigend ne-beneinander, genossen die laue Abendbrise, die uns durch die Haare fuhr, und das kühle Wasser, das um unsere Wa-den glitt.

Dann sagte Ann-Sophie, sie gehe mal auf ihr Zimmer, um sich frisch zu machen und auszuruhen, und stand auf. Auch ich schoss nach oben. Da wir nah beieinandergesessen hatten, brachte sie das ins Taumeln. Sie strauchelte und wäre um ein Haar rücklings in den Löschteich gefallen. Doch ich packte sie gerade noch rechtzeitig an den Armen und zog sie an mich.

Überrascht schaute Ann-Sophie mich an. Ihr schmales Gesicht mit den entschlossen hervortretenden Wangenknochen und dem markanten Kinn erinnerte mich ein wenig an Keira Knightley. Nur anders. Aber nicht weniger schön. Unsere Blicke trafen sich für einen langen Moment. Doch dann wandelten sich ihre Gesichtszüge plötzlich in ein erschrockenes Lachen. Sie drehte sich dermaßen schwungvoll aus meinen Armen, dass ich um ein Haar selbst den Abgang in den Teich gemacht hätte.

»Puh, danke! Das war knapp«, lachte sie nervös. »Ich bin dann mal duschen.«

Ja, knapp war es allerdings gewesen …

Später am Abend brutzelten Würste und allerlei anderes Grillgut auf einem riesigen Schwenkgrill. Das Knacken der Glut mischte sich mit dem einsetzenden Zirpen der Grillen und einem einsamen Frosch, der irgendwo am Löschteich vor sich hin quakte.

Ein anderer einsamer Frosch starrte gedankenverloren in die Flammen und nuckelte ab und an lustlos an einem Spezi. Dieser einsame Frosch war ich, der heute Abend nicht nach Bier riechen wollte. Das Objekt meiner Begierde hingegen hockte die ganze Zeit eingepfercht zwischen der Leiterin eines Vita-Marktes und einem jungen Mann, vermutlich vom selben Verein. Die meisten Teilnehmer hier schienen sich schon zu kennen und arbeiteten entweder für Vita-Markt oder so ein IT-Start-up, dessen Namen ich schon wieder vergessen hatte.

In Gedanken versunken saß ich lange am Feuer und versuchte erst gar nicht, einen Hehl aus meinem Stimmungstief zu machen, in der Hoffnung, mit niemandem über den Unterschied zwischen EU-Bio-Label und Demeter oder Blockchain-Technologie reden zu müssen. Aber vor allem auch, um bei Ann-Sophie etwas Mitgefühl auszulösen, sodass sie sich vielleicht zu mir rübersetzen würde.

Bescheuert, ich weiß.

Das zog aber irgendwie nicht. Meine verstohlenen Seitenblicke in ihre Richtung erhaschten sie nur gut gelaunt in eine Unterhaltung vertieft.

Es begann schon, dunkel zu werden, und ein erster heller Stern wanderte über den klaren Nachthimmel, als Ann-Sophie sich endlich erhob und zu mir schlenderte.

Ich fröstelte bereits und war kurz davor gewesen, entweder auf mein Zimmer oder direkt zu ihr zu gehen, um sie um einen Spaziergang zu bitten, war aber einfach nicht zum Schluss gekommen, was schlimmer war: Die Mitleidstour mit der beleidigten Leberwurst oder Ann-Sophie zu etwas zu überreden, worauf sie gerade augenscheinlich keine Lust hatte. Eine bessere Idee hatte ich trotz Spezi-Nüchternheit leider nicht.

»Na, alter Brummbär«, sagte sie und strich sich eine Haarsträhne aus dem Gesicht. »Alles klar bei dir?«

»Hmmm«, brummte ich brummbärgerecht.

»Kommst du mit zu einem kleinen Nachtspaziergang vor dem Schlafengehen? Oder soll ich alleine gehen?«

»Na, das kann ich wohl kaum zulassen, hier am Rande der Zivilisation.«

»Wer wohnt noch gleich im Funkloch und mehr als

zwei Fußballfelder von seinem nächsten Nachbarn entfernt?«

»D2 hat Netz und 's Joosebuure wohnen maximal ein Fußballfeld entfernt. Das sieht man nur nicht so, wegen der ganzen Apfelbäume am Hang«, korrigierte ich sie, während ich mich aufrichtete und dem warmen Feuer den Rücken kehrte.

So schlenderten wir eine Weile den Waldrand entlang, quatschten über Belangloses und ließen immer wieder schweigend den Blick über das im Mondlicht liegende Tal zu unserer Linken schweifen. Die Aktion am Teich stand wie ein Elefant im Raum zwischen uns, und so beschloss ich, nicht länger ein Frosch zu sein und anzusprechen, was mir auf der Seele brannte. »Du, sag mal … wie wäre es, wenn wir uns mal so privat treffen würden?«

»Wie privat wäre denn ›so privat‹ für dich?«, antwortete sie nun plötzlich leiser, ernster.

»Na ja, wir könnten ja mal zusammen was kochen oder essen gehen? Die ›Krone‹ in Elzach hat mittlerweile echt ein paar tolle vegane Sachen im Angebot.«

»Ein Date also?«, hakte sie nach. Wobei mir nicht klar war, ob die Nachfrage ein Zeichen dafür war, dass Ann-Sophie ernsthaft über mein Angebot nachdachte oder lediglich darüber, wie sie möglichst diplomatisch aus der Nummer wieder rauskam. Auf jeden Fall blickte sie nicht so drein, wie ich es mir erhofft hatte.

Trotz der Abendkühle wurde mein Kopf glühend heiß und meine Handflächen schwitzig. Was war ich auch für ein Simbel! Ich hätte nicht fragen sollen.

»Na, also das hat ja jetzt keiner gesagt. ›Date‹ trifft es nicht so ganz. Einfach mal essen gehen, so ganz ungezwungen.« Mein erbärmlicher Rettungsversuch machte die Situation nur noch peinlicher.

»Wendelin …«, begann Ann-Sophie mit einem Blick, als müsste sie einem Kind mitteilen, dass sein Hamster gestorben war, »also, wir sind die letzten Wochen echt gut miteinander ausgekommen, also jobmäßig. Richtig gut. Hätte ich ja nicht gedacht am Anfang. Auch deine Familie, die ist mir echt ans Herz gewachsen. Aber ich bin gerade überhaupt nicht an einer Beziehung oder so interessiert.«

»Wer redet denn jetzt von Beziehung? Einfach mal essen gehen und dann halt mal schauen, was so passiert …«

»Ich komme gerade aus einer langen Beziehung und habe keine Lust auf das ganze Theater. Nein, wirklich. Lassen wir das lieber und setzen wir unsere gute Arbeitsatmosphäre nicht unnötig aufs Spiel.«

Komplett »gefriendzoned«, würde mein Freund Simon jetzt sagen.

Wie anzunehmen, verlief das Teambuilding die nächsten Tage alles andere als erfolgreich. Verkrampfter konnte es gar nicht mehr werden, die Zeit wollte überhaupt nicht vergehen, und dieser Scheiß-einsame Frosch am Teich quakte dermaßen unnachgiebig die Nächte durch, dass ich in der dritten Nacht kurz davor war, ihn einfach zu erschießen. Hätte der Schuss nicht alle im Haus geweckt und wäre die Jagd auf einen bei meinem Näherkommen sicherlich verstummenden Frosch im Dunkeln nicht der Suche nach der Nadel im Heuhaufen gleichgekommen – ich hätte es wohl wirklich getan. Aber dann auf einmal war er ruhig. Wahrscheinlich hatte seine Hartnäckigkeit wirklich ein Weibchen angelockt und er war glücklich und zufrieden, der Mistkerl.

Weder eine *»positive thinking meditation«* noch die »achtsame Mittagspause« halfen mir weiter. Genauso wenig wie die Lösung eines gordischen Knotens, bei der ich tunlichst versuchte, keinen Körperkontakt mit Ann-Sophie zu haben.

Wenn ich gewusst hätte, was zur selben Zeit zu Hause los war, hätte ich sofort meine Koffer gepackt und diesen Kindergeburtstag schleunigst verlassen.

***

Dunkelheit umfängt dich. Undurchdringliche, gnadenlose Dunkelheit. Kein Lichtstrahl verirrt sich herein.

Es ist kalt und feucht, du zitterst. Du weißt nicht, wo du bist.

Wie bist du hierhergekommen? Hat er dich herge-bracht? Warst du wieder nicht artig?

Du weißt es nicht.

Du kauerst dich in eine Ecke, machst dich ganz klein. Du hast Angst, schreckliche Angst. Warum tut er dir das an?

Plötzlich hörst du ein Rascheln. Du versuchst, in der Dunkelheit etwas zu erkennen. Wieder raschelt es, diesmal deutlich näher. Bewegt sich da nicht etwas über deinem Kopf? Du kannst nichts sehen, doch plötzlich weißt du ganz genau: Du bist nicht allein.

Sie beobachten dich.

***

»Wende, endlich! Du musch uns hier russhole, ver-dammt!«, schrie es in mein Ohr.

Irgendwie hatte ich es, ohne Amok zu laufen, bis zur Kaffeepause am Mittwochnachmittag geschafft. Ich bum-melte eben die freien zwanzig Minuten zwischen zwei

Seminarblöcken auf meinem kleinen, durchgelegenen Bett in meinem dunklen, traurigen Herbergszimmer ab, als sich mein Handy gemeldet hatte. Dessen Existenz hatte ich ja fast schon vergessen, hatte es mir, seit wir hier waren, doch eigentlich nur als Wecker gedient.

»Hallo erst mal«, sagte ich irritiert, da ich die Person am anderen Ende der Leitung – meinen guten alten Freund Max – eigentlich gerade wegen seiner ruhigen, gelassenen Art schätzte. »Was ist los, Max? Wo rausholen?«

»Na, uss de U-Haft! Die welle mich in de Knascht stecke … mich! Ins Gfängnis!« Max klang, als würde er panisch nach Luft ringen. »Bitte, Wende. Die moche uns fertig. Ich konn ball nimmi«, wimmerte es aus dem Hörer.

»Wie? Wer will euch in den Knast stecken und warum überhaupt?«

»Na, dieser Mayer. Joachim Mayer heißt der Kommissar, glaub ich.«

»Joachim vom Drogendezernat? Was hast du denn mit Drogen am Hut?«

»Ich hob gar nix mit Droge om Hut, Mensch! Du kennsch mich doch. Ich hob au nix gmocht. 's goht au gar nid um Droge, sondern um Mord. Um Mord! Verstohsch?«

Tatsächlich verstand ich jetzt gar nichts mehr.

»Wie, um Mord? Jetzt komm mal runter. Der Mayer ist vom Drogendezernat. Der hat mit Mord nichts zu tun. Mord sind Ann-Sophie und ich.«

Und wir sind beide gerade nicht da, dämmerte es mir. Joachim Mayer, dieser Dubel, meinte wohl, er könnte sich in unserer Abwesenheit mein Aufgabengebiet unter den Nagel reißen! Aber was hatte Max damit zu tun?

»Mir scheißegal, für was der zuständig isch! Jedenfalls

het der jetzt U-Haft für uns ohgordnet. Wege mienem Tattoo.«

»Wegen dem Tattoo? Also so kacke sieht das jetzt auch nicht aus«, antwortete ich und war mir gerade nicht mehr ganz so sicher, ob bei dem Gefasel nicht doch irgendwelche Drogen im Spiel waren. »Und wer ist denn eigentlich ›uns‹? Und vor allem: Wen sollst du oder ihr denn bitte umgebracht haben?«

»Mich und de Andre wenn si ieloche, die Bulle! Weil der Jackettfuzzi dot isch!« Max klang wirklich verzweifelt. Schließlich schluchzte er: »Mir henn doch nur e wing Wasser hole welle, aba des glaubt uns jo kei Sau.«

***

»Ann-Sophie, wir fahren! Tut uns schrecklich leid. Ein Notfall!«, verkündete ich laut in die Runde und wedelte entschuldigend mit dem Handy.

»Ei horrsch emaa! Euer Smartphone solltet ihr doch auf dem Zimmer lassen«, entrüstete sich Manni.

»Wie gesagt, ein Notfall – mit Leiche und so. Macht's gut, Leute. War schön mit euch und so weiter.«

Auf dem Weg zum Auto berichtete ich der verständnislosen Ann-Sophie von Max' Anruf.

»Wendelin, du weißt, wie voreingenommen du gerade wieder bist. Der Herr Mayer wird schon gute Gründe haben, um Untersuchungshaft anzuordnen. Außerdem entscheidet das ja immer noch ein Richter. Wenn es keine hinreichenden Beweise für einen Tatverdacht gibt, sind die sofort wieder draußen. Der Mayer wollte denen nur Angst machen. Das würden wir unter Umständen genauso tun.«

»Ja, darum geht's aber gar nicht. Oder jedenfalls nicht nur.«

»Worum geht's denn dann?«

»Also, erstens geht's natürlich darum, dass meine Freunde unschuldig in Untersuchungshaft sitzen. Und ja, ich bin mir hundertprozentig sicher, dass der Max und der Andre niemanden gemeinschaftlich ermordet haben.«

»Bei unserem letzten Fall hättest du auch nie gedacht, dass der Mörder im Kreise deiner Polizeikollegen zu finden ist.«

»Aber diesmal ist die Sache anders. Ich kann mir auch schon denken, weshalb die beiden unter Verdacht stehen, und das kann ich vermutlich klären. Aber wie gesagt, darum allein geht's nicht.«

»Sondern?«

»Es geht darum, dass uns dieser karrieregeile Affenarsch einfach den Fall wegschnappen will!« Und darum, dass ich jeden Vorwand nutzen würde, um endlich hier wegzukommen, aber das behielt ich natürlich für mich.

»Das habe ich auch nicht ganz verstanden, warum wir überhaupt nicht informiert wurden. Klar, ich wusste, dass der Mayer uns in Abwesenheit vertritt, aber bei einem Mord wäre ich doch schon ganz gerne informiert worden!«

»Ganz meine Meinung.«

»Und weshalb wurden wir nicht informiert?«, fragte Ann-Sophie.

»Das ist doch glasklar. Es steht zu befürchten, dass sie bei uns die eine oder andere Stelle streichen werden. So extrem viel gibt es bei uns im Landkreis glücklicherweise nicht zu tun, und gerade das Drogendezernat hatte in den letzten Jahren eine ziemliche Flautewelle. Aber wir sind ja alles Beamte, da geht das nicht so leicht. Auf der anderen Seite suchen sie händeringend Leute, die sich für den IT- und Cyberkriminalitätsbereich umschulen lassen wollen.

Darauf hat halt niemand Bock. Denn ich zum Beispiel bin gerade deswegen Polizist geworden, weil ich keine Lust auf einen Job habe, bei dem ich den ganzen Tag auf einen Bildschirm starre. Na, und der Mayer schon zweimal nicht. Und jetzt will er zeigen, dass er auch so was wie Mord besser kann als wir. Und deswegen schiebt der Mayer wahrscheinlich gerade Nachtschichten und will die ganze Geschichte, so schnell es geht, abgeschlossen haben, bis wir zurück sind. Dann kann er sich nämlich überall als Held profilieren. Und jetzt leg mal einen Zahn zu, damit wir heute noch ankommen.«

Das musste ich Ann-Sophie nicht zweimal sagen.

Drei

»Oh, unser Spätheimkehrer isch au schu wach«, wurde ich in der Küche von meiner versammelten Familie begrüßt.

Trotz Ann-Sophies Fahrtempo war es dann doch sehr spät geworden, bis wir das Elztal erreicht hatten. Nur mit Mühe hatte Ann-Sophie mich davon abhalten können, gegen zweiundzwanzig Uhr noch bei Joachim Mayer vorbeizufahren. Obwohl ich auf hundertachtzig war, hatte ich erstaunlich gut geschlafen. Es geht halt nichts über das eigene Bett.

»Wendelin, du hesch doch sicher so e Ding uff dienem Handy, so e Äpp, wo ma 's Wetter druff sieht, oder?«, fragte mein Vater.

»Hab ich schon, aber ich habe gerade dringendere –«

»Losses euch gsait si, hit Obend rägnet's!«, fiel mir meine Mutter ins Wort.

»Gut, dann losse mir's für hit und gänn morge dro«, meinte mein Vater.

»Ja, aber 's isch jetzt halt au schu gonz scheen schpoht im Johr«, erwiderte Oma Erika. »Ich dät sage, mir mahje!«

»Nei, mir mahje nid!«, hielt meine Mutter dagegen.

Mähen oder nicht mähen, das ist hier die Frage. Verzweifelt irrten die Blicke meines Vaters zwischen seiner Ehefrau und seiner Mutter hin und her.

»Sinn emol still.«

»Wie ma's mocht, wird's falsch si«, murmelte mein Vater. »Also, mir mahje morge, und fertig jetzt!«, ergänzte er lauter.

»Isch gut, so mache ma's. Donn könne ma hit mol wing im Garte schaffe.«

»SINN JETZT MOL STILL!«

»Was ist denn, Opa?«

»Höre ihr des? Was isch des?«

Wir lauschten und konnten ein leises Motorengeräusch vernehmen.

Manchmal glaubte ich ja, Opa Erwin tat nur so, als ob er schlecht hören würde – er hörte einfach nur, was er hören wollte.

Alle eilten zum Fenster. »Isch des de Joosebuur? Het der 's Mahjwerk dro?«

Tatsächlich kam gerade der grüne Fendt von Joosenbauer junior ins Blickfeld – wie er eilig mitsamt Mähwerk gen Feld eilte.

»Los, Kerli, hol de Bulldog! Marianne, hilf ihm bim Ohhänge! Mir mahje!«, kommandierte Opa Erwin. Konnte wohl nicht sein, dass der Nachbar mähte und wir nicht! Das wäre ja ein Unding.

»Losses euch gsait si, hit Obend rägnet's!«, murrte meine Mutter, und ich sah zu, dass ich ins Büro entfliehen konnte.

Da hatte ich dringend mit jemandem ein Hühnchen zu rupfen – oder eher einen ganzen Vogel Strauß.

✳✳✳

»Was fällt dir eigentlich ein?«, begrüßte ich Joachim Mayer und hätte, um meinen Worten etwas Nachdruck zu verleihen, fast die Tür zu seinem Büro energisch zugeknallt. Da fiel mir gerade noch rechtzeitig ein, dass Ann-Sophie sich direkt hinter mir in das Büro unseres verehrten Kollegen vom Drogendezernat begeben hatte – des Kollegen, der es nicht für nötig erachtet hatte, uns über einen Mord in unserem Zuständigkeitsbereich zu informieren. Wenn ich jetzt sage, dass ein Mord ein Highlight für uns war, klingt das moralisch höchst fragwürdig, aber wir befanden uns nun mal nicht in Berlin-Neukölln, und ein Mordfall war zumindest etwas Besonderes. Und eben auch ziemlich prestigeträchtig – wie Mayers plötzlicher Arbeitseifer zeigte.

»Oh, ihr seid schon da. Ich dachte, ihr kommt erst morgen Abend wieder?«, tat Mayer ganz unschuldig.

»Das hättest du wohl gerne gehabt, du Seggel! Uns einfach unseren Mordfall vorzuenthalten!«

»Aber, aber ... Was sind denn dit für undankbare Töne, Herr Kolleje.«

Wenn Mayer witzig sein wollte, was er nie wirklich war, fiel er gern ins Berlinerische. Vielleicht tat er das aber auch nur, um jedem unter die Nase zu reiben, dass er aus der großen, gefährlichen Hauptstadt hierher zu uns einfältigen Hinterwäldlern gekommen war. Wo wir doch nur auf einen wie ihn mit seiner weltmännischen Erfahrung gewartet hatten. Aus seinem Mund klang es so, als hätte er die RAF gleich nach Dienstantritt 1991 im Alleingang eingekerkert. Ansonsten sprach er, als hätte er einen Stock im Arsch.

»Ihr solltet mir dankbar sein. Immerhin habe ich euch Arbeit abgenommen. Außerdem ist der Fall so gut wie gelöst, der Untersuchungsrichter hat heute Morgen U-Haft für die zwei Tatverdächtigen angeordnet. Am Montag wurde die Leiche entdeckt. Das nennt man Effizienz, Wisser. Weißt du überhaupt, wie man das schreibt?«

»Jetzt reicht's a–«, wollte mir Ann-Sophie beispringen.

»Du hast die Falschen eingebuchtet, du eingebildeter –«

»Was ist denn das hier für ein Geplärre?«, donnerte auf einmal hinter mir die dunkle Stimme unseres Chefs, Kurt Schondelmaier. »Ihr könnt euch doch nicht benehmen wie im Kindergarten und hier die ganze Abteilung zusammenschreien! Was ist eigentlich das Problem?«

»Er hat uns nicht über einen Mordfall informiert …«

»Ein Mordfall, der bereits gelöst wurde! Von mir! In kürzester –«

»Von wegen gelöst, er hat die Falschen!«

»Okay, Schluss jetzt! Zu mir ins Büro. Alle drei!«, polterte Schondelmaier.

Und so standen wir aufgereiht um Schondelmaiers überdimensionalen Schreibtisch, weil sich keiner setzen wollte außer dem Chef selbst. Ich zählte wütend die Kaffeeflecken auf dem graublauen Teppich, der den gesamten Boden des Büros bedeckte, während uns Schondelmaier über Teamwork und andere Tugenden belehrte, nicht ohne darauf hinzuweisen, dass zumindest Ann-Sophie und ich dank unserer Odenwalderfahrung doch jetzt wohl wissen sollten, wie Teamwork funktionierte.

»Also, Mayer, Sie haben den Fall so gut wie gelöst, sagen Sie? Und wenn ich mich recht erinnere, konnten Sie davon ja bereits heute Vormittag den Haftrichter überzeugen«, wandte Schondelmaier sich direkt an Joachim.

»So ist es, Chef.«

»Also, dann fassen Sie doch mal alles Wesentliche für mich zusammen und überzeugen Sie auch mich.«

»Mit Vergnügen, Herr Schondelmaier«, begann Joachim zu referieren. »Am Montagmorgen wurden wir nach Kollnau, aufs Ebertle, gerufen. Die Haushälterin, eine Frau Ringwald, hatte ihren Arbeitgeber erschossen im Bett aufgefunden. Neun-Millimeter-Projektil, direkt zwischen die Augen. Das Schlafzimmerfenster war auf. Ansonsten nichts, was auf ein gewaltsames Eindringen ins Haus schließen lässt. Generell leider keine verwertbaren Spuren. Außer …« Dramatische Pause. »Die außerordentlich guten Aufnahmen der Überwachungskamera! Darf ich?« Triumphierend holte Mayer sein Handy heraus und zeigte auf einen mit Apple-TV verbundenen Beamer an der Decke.

»Aber bitte!«, erwiderte Schondelmaier.

Während Joachim den Beamer anschaltete und auf die Lampe wartete, fragte Schondelmaier nach: »Sie sagen, keine Einbruchsspuren. Heißt das, Sie gehen davon aus, dass der Einbrecher durch das Schlafzimmerfenster eingedrungen ist?«

»Mit größter Wahrscheinlichkeit. Herr Wöhrle, das Opfer, trug nur Boxershorts, wurde also augenscheinlich im Schlaf überrascht. Außerdem war die Villa bestens mit der neuesten Technik gesichert. Fenster, Türen, alles … Also außer man öffnet selbst von innen das Fenster. Das ist natürlich dumm gelaufen. Offensichtlich hatte das Opfer keine sonderliche Angst vor Einbrüchen.«

»War das Fenster denn ebenerdig?«

»Nee, erstes Obergeschoss, aber direkt über der Garage. Für jemanden, der halbwegs fit ist, keine Kunst, da hochzukommen. Entweder über die Regenrinne oder erst auf die Zisterne und von dort dann aufs Garagendach.«

»Haben Sie dort auch nach Spuren gesucht?«

»Aber selbstverständlich!«

»*Aber selbstverstä–*«

»Wendelin! Du bist nachher dran«, unterbrach der Chef unwirsch meine Imitation.

»Leider nichts gefunden. Vermutlich trug der Täter

Handschuhe … So, da sehen Sie 's selbst. Ich habe noch nie so gestochen scharfe Bilder von einer Nachtsichtkamera gesehen.«

Das grünliche Bild zeigte eine ausladende Terrasse, die in eine große, gepflegte Rasenfläche überging. Hinten links befand sich ein beleuchteter Pool samt obligatorischen Sonnenliegen in Bastoptik. Umrandet wurde das Ganze von einem Blumenbeet ohne Blumen, dafür aber mit diversen hochstehenden Schilf- und Graspflanzen in stylischen Kübeln. Umschlossen wurde das Grundstück von einer fast zwei Meter hohen Hainbuchenhecke, die ebenfalls akkurat rechteckig gestutzt war.

Nach etwa fünf Sekunden kam Bewegung in das Dickicht, und nacheinander zwängten sich höchst elegant zwei maskierte Typen durch die Hecke. Beide trugen Bermudashorts, T-Shirts und schwarze Skimasken, wie man sie als gut ausgerüsteter Einbrecher halt so trägt – und waren für mich trotzdem auf Anhieb eindeutig als Max und Andre zu erkennen.

Oh Mann, diese Vollpfosten! Wo waren sie da nur reingeraten?

Der Vordere, Andre, sah sich kurz um und spazierte dann ziemlich geradlinig auf die Kamera zu. Dabei fächerte er eine Plastiktüte in seiner Hand auf und stülpte den Sack über die Kamera. Es wurde schwarz.

»Jetzt passen Sie mal auf, was das Baby so kann.«

Mayer spulte ein wenig zurück und zoomte in das Bild hinein, sodass man nur noch den Mann im Hintergrund sah. Dieser bückte sich und hantierte an der Hecke herum. Es sah so aus, als versuchte er, etwas hindurchzuziehen. Kurz bevor die Tüte wieder jegliche Sicht verbarg, stoppte Mayer den Film erneut und zoomte auf das Hinterteil des Mannes.

»Na?«, fragte Mayer fast schon stolz, so als hätte er die Kamera selbst entwickelt.

»Schickes Maurerdekolleté.«

Mayer ignorierte mich gekonnt und fuhr fort: »Die IT konnte noch ein bisschen nachschärfen, aber man kann es auch so erkennen.«

»Da ist eine Tätowierung«, brummte Schondelmaier mit zusammengekniffenen Augenbrauen.

»Ist das ... ein Zylinderkopf?«, mutmaßte Ann-Sophie, die ebenfalls konzentriert auf Max' Arsch starrte.

»Gut erkannt«, musste Mayer zugeben. »Ein Kolben mit Feuer und darunter steht: ›Forever GTI‹. Höchst geschmackvoll. Ich habe noch am Montag eine Liste aller GTI-Besitzer im Landkreis angefordert.«

»Hättest du dir auch sparen können«, murmelte ich.

»Wie bitte?«

»Ach, nix.« Ich hätte ihm sogar aus dem Stegreif sagen können, wann das Tattoo gestochen worden war. Das war nämlich an Max' neunzehntem Geburtstag gewesen. Nach sehr viel Alkohol – sehr, sehr viel Alkohol.

»Also, GTI-Fahrer gibt es so einige, aber wir haben natürlich priorisiert. Männlich et cetera. Und dann haben wir denen nacheinander einen Besuch abgestattet. Das war ein bisschen aufwendig, aber wir hatten Glück. Max Furtwängler war sichtlich nervös, als er uns die Tür geöffnet hat. Außerdem standen direkt im Hausflur ...«, Mayer verschob den Bildausschnitt ein wenig nach unten, »... diese Adidas-Sneaker. Nicht unbedingt selten, aber die Kombination mit dem Auto und dem Tattoo natürlich schon. Als wir ihn anschließend mit den Aufnahmen konfrontierten, war er auch sofort geständig. Zumindest teilweise.«

»Was heißt das – teilweise?«, hakte der Chef nach.

»Kleinen Moment ... Hab ich alles hier drauf. Irgendwo ... Ah ja.«

Das Bild an der Wand änderte sich und zeigte unseren Verhörraum, der im Stil »Fifty Shades of Grey« gehalten war. Hellgraue Wände, dunkelgrauer Vinylboden, steingraue Tischplatte, mausgrauer Stuhlbezug et cetera. Sogar Max' Gesichtsfarbe wirkte auf dem Bild irgendwie grau. Ihm gegenüber saß ein sichtlich gut gelaunter Joachim Mayer.

Mayer spulte etwas vor, dann drückte er theatralisch auf »Play«.

»Sie gestehen also?«

»Ja, also, nein. Nur, dass wir unerlaubterweise auf des Grundstück sinn.«

»Ja, ob Sie das gestehen oder nicht, ist dem Richter eigentlich auch scheißegal. Das sieht ein jeder auf dem Video, dass Sie das sind. Da müssen Sie schon mehr liefern.«

»Ja, was soll ich denn sunsch sage? Mir henn ja nix gmocht.«

»Sie könnten mir schlüssig erklären, weshalb Sie auf die grandiose Idee kamen, spätnachts auf das Grundstück des Ihnen angeblich unbekannten Herrn Wöhrle einzudringen.«

Nach längerem Rumgedruckse stammelte Max schließlich: »Mir wollte des Wasser klaue.«

»Wie bitte?«

»Wir wollten das Wasser usm Pool ...«

»Ach so ... Na logo! Sie wollen mir erzählen, Sie brechen in das so ziemlich am besten gesicherte Privatgrundstück im ganzen Landkreis ein, in dem sich teure Gemälde, Hightech-Elektronik, ein Thermomix und was sonst das

*Einbrecherherz so höherschlagen lässt, befinden, um was
noch mal zu stehlen?«*

»Nur Wasser ...«

Dankenswerterweise unterbrach Mayer das Video und
damit seinen auf Max' Aussage folgenden wiehernden
Lachanfall. Dafür konnte er sich auch jetzt im *real life*
ein breites Grinsen nicht verkneifen.

»Das war wirklich das Bescheuertste, was ich seit Lan-
gem gehört habe. Generell scheint dieser Furtwängler den
tiefen Teller nicht erfunden zu haben. Seinen Kumpan,
einen gewissen Andre Fischer, hat er auch verpfiffen. Der
sagt zwar im Wesentlichen das Gleiche und will für die
Aktion die Verantwortung übernehmen, aber na ja ... Beweise gibt's ebenfalls. Auch bei Fischer fanden wir bei
der Wohnungsdurchsuchung die getragenen Klamotten,
Schuhe und sogar zwei Sturmmasken. Und die Schuh-
abdrücke im Blumenbeet von Wöhrle stimmen mit der
Schuhgröße überein.«

»War Wasser im Pool?«

»Wie bitte?«

»Du hast doch den Tatort untersucht. War in dem Be-
cken Wasser?«, wiederholte ich.

Hilfesuchend huschte Mayers Blick zum Chef, er
hoffte wohl, dass der mich gleich wieder abwürgen würde.
Aber Schondelmaier hob nur interessiert eine Augen-
braue.

»Ja, also, nein.«

»Oh, warum auch das?«

»Was weiß ich, vielleicht nutzt Wöhrle den Pool kaum.
Er wollte ihn vielleicht gerade reinigen lassen oder so.
Dafür kann es tausend Gründe geben.«

»Oder die ach so lächerliche Begründung deiner Tatverdächtigen – die ich übrigens gut kenne und für die ich mich verbürge – ist gar nicht so abwegig.«

»Soso, daher weht der Wind. Du kennst die Typen also. Hätte ich mir ja gleich denken können. Es gibt aber noch etwas, das entscheidend dafürspricht, dass es sich bei den beiden um die Mörder des Herrn Wöhrle handelt«, sagte Mayer.

»Und zwar?«

»Das Kamerasystem.«

»Gibt es noch mehr Aufnahmen?« Mein Herz setzte mindestens zwei Schläge lang aus.

»Nein. Eben nicht. Aber das zeigt, dass wir die Täter haben müssen. Die Villa ist, wie bereits erwähnt, bestens gesichert. Sämtliche Fenster und Türen sind alarmgesichert. Haustür der Widerstandsklasse RC 5 und vor allem sechs Top-Kameras. Vier an jeder Ecke und zwei weitere an den Breitseiten. Noch mal, da kommt wirklich keiner ungesehen rein oder raus. Ich habe, als wir Montagvormittag dort waren, einen Blick auf den Monitor des Systems geworfen. Es gibt keine Möglichkeit, ungesehen in die Villa einzudringen.«

»Aber trotzdem sieht man ja nicht, wie jemand in die Villa einsteigt«, warf ich ein.

Doch Mayer maßregelte mich sofort: »Ja, wegen der Tüte über der Kamera. Pass doch mal richtig auf, Wisser!«

»Na eben. War die Tüte noch drauf, als du am Tatort warst?«

»Ja, mit Fingerabdrücken von Andre Fischer.«

»Dann kann also jeder in dieser Nacht ungesehen in die Villa eingedrungen sein!«, triumphierte ich.

»Also bitte! Jetzt wird's lächerlich. Das wäre ein komplett abwegiger Zufall, dass jemand genau in dieser einen einzigen Nacht, in der eine Kamera deaktiviert ist, aus der genau richtigen Richtung einsteigt und den Hausbesitzer erschießt. Hörst du dir eigentlich selber zu?«

»Möglicherweise wurde die Villa seit Längerem beobachtet. Der Täter sieht seine Chance gekommen und – zack – schlägt zu.«

»Pillepalle!«

»Außerdem haben Andre und Max, also die zwei Verdächtigen, doch nicht das geringste Motiv – da besteht doch überhaupt keine Verbindung zum Mordopfer.«

»Oh doch!«

»Ach ja?«, erwiderte ich und versuchte, mir nicht anmerken zu lassen, dass mein Herz gerade ein ganzes Stück in die Hose gerutscht war. Bisher konnte ich alles mit meinem Insiderwissen erklären, aber ein Mordmotiv?

»Am Samstag vor zwei Wochen gab es einen handgreiflichen Streit, eine Schlägerei auf dem Waldkircher Stadtfest zwischen den beiden Verdächtigen und dem Mordopfer. Der Grund des Streits ist zwar noch nicht bekannt – wird aber vermutlich bald ans Licht kommen und das Tatmotiv enthüllen.«

Ach, das meinte er.

»Quatsch, die waren einfach betrunken, und der Herr Wöhrle wollte den beiden ihre Frauenbekanntschaften abspenstig machen. Das ist alles.«

»Du weißt von der Schlägerei?«, fragte mich der Schondelmaier erstaunt.

»Ja, also ›Schlägerei‹ ist wohl ein bisschen übertrieben – eher ›Schubserei‹. Aber ja, ich war dabei. Also schlichtend tätig natürlich. Das war einfach ein bisschen Gerangel um ein paar Mädels, sonst nichts.« Ich konnte förmlich spüren, wie Ann-Sophie neben mir die Augen verdrehte.

»Du kennst die beiden also gut?«

»Ha ja, verdammt! Deswegen bin ich mir ja auch so

sicher, dass die das nie im Leben waren. Den Max kenn ich seit der Grundschule. Das ist einer meiner besten Freunde, der könnt keiner Fliege was zuleide tun, und der Andre ist ein Nerd, aber doch kein rücksichtsloser Mörder.«

»Woher wissen Sie eigentlich von der Schlägerei, Herr Mayer?«, fragte Ann-Sophie da interessiert.

»Von Andre Fischer persönlich. Der meinte, wir würden es ohnehin rausfinden, dann sagt er es uns lieber gleich.«

»Und kommt Ihnen das nicht komisch vor?«

»Weshalb?«

»Na, ist das nicht ungewöhnlich, dass die beiden Tatverdächtigen so kooperativ sind? Ihnen sogar Hinweise auf ihr angebliches Motiv geben? Kommt Ihnen das nicht alles viel zu einfach vor?«

»Wir waren eben von Anfang an auf der richtigen Fährte. Das nennt man Instinkt. Und Herr Fischer hatte da schon recht. Irgendwann hätten wir's vermutlich eh mitbekommen. Ich habe einfach sehr effektiv ermittelt, und Sie sind wohl einfach nur neidisch auf unseren schnellen Erfolg, Frau Klett.«

»Ist gut jetzt! Gibt es wichtige Fakten, die noch nicht angesprochen wurden?«, schaltete sich der Chef ein.

Allgemeines Schweigen.

»Wissen wir etwas über die Tatwaffe? Was sagt die Ballistik?«, hakte Schondelmaier nach.

»Ich warte immer noch auf den Bericht. Keine Ahnung, warum die so lange brauchen. Neun Millimeter – mehr kann ich noch nicht sagen.«

»Schmauchspuren an den Händen der Tatverdächtigen?«

»Negativ, aber der Täter trug ja auch Handschuhe.«

»Sagten Sie nicht, Sie hätten Fingerabdrücke von Andre Fischer auf der Tüte über der Kamera gefunden?«, warf Ann-Sophie sofort ein.

»Ja, mein Gott, Gummihandschuhe kann man in jeder Hosentasche transportieren.«

»Und warum zieht man die nicht direkt an, um eben keine Fingerabdrücke zu hinterlassen?«

Darauf wusste auch Mayer endlich mal keine Antwort mehr. Ich lächelte Ann-Sophie dankbar zu.

»War's das?«, fragte Schondelmaier in die Runde. »Gut. Dann entscheide ich jetzt über unser weiteres Vorgehen. Auch ich mag nicht an unwahrscheinliche Zufälle glauben und dass da gerade zufällig ein Mörder zur rechten Zeit am rechten Ort war.«

Oh, nicht gut. Mayer grinste mich triumphierend an.

»Bisher sehen wir ja auch keinerlei Motiv, weshalb jemand den Boris Wöhrle hätte umbringen sollen. Das gilt aber auch für die beiden Tatverdächtigen. Das mit der eingestandenen Schlägerei reicht mir nicht. Bohren Sie da bitte weiter, Mayer.«

»Jawohl, Chef. Mit Vergnügen.«

»Aber Mord ist unsere Abteilung – und wir sind wieder hier«, sprach ich das Unübersehbare aus.

»Ihr seid viel zu voreingenommen, um hier neutral zu ermitteln.«

Mayers Grinsen wurde noch breiter, und ich hätte ihm am liebsten direkt das Maul gestopft.

»Das schließt Sie mit ein, Mayer. Ich finde dieses Konkurrenzdenken hier, wo wir doch alle ein Team sein sollten, unerträglich. Daher möchte ich, dass Sie alle drei zusammenarbeiten. Zumindest erwarte ich, dass Sie gemeinsam die Fakten zusammentragen. Du, Wendelin, und natürlich Frau Klett, ihr geht noch mal drüber und schaut, ob wir irgendeine Spur übersehen haben. Denn ehrlich gesagt gebe ich Ihnen da recht, Frau Klett. So ganz passen diese tölpelhaften Einbrecher und dieser spurenlose Mord nicht zusammen.«

»Gerne, Chef«, flötete Ann-Sophie.

»Der Kerl war doch stinkreich, habt ihr schon gecheckt, wer vom Erbe begünstigt wäre?«, fragte ich Mayer.

»Natürlich. Unverheiratet, keine Kinder, kein Testament. Das Erbe geht an seine Eltern, aber die würden wohl kaum ihren einzigen Sohn für Geld ermorden. Außerdem ist sein Vermögen bei Weitem nicht so groß, wie die Villa den Anschein erweckt. Herr Wöhrle lebte wohl auf großem Fuß. Gerade mit dem Kauf seines Lamborghinis hat er seinen Kreditrahmen ziemlich ausgereizt.«

»Er fuhr 'nen Lamborghini?«

»Noch nicht, sollte in ein paar Wochen geliefert werden. Huracán, mattschwarz – sagen die Unterlagen.«

»Nicht schlecht«, kommentierte Ann-Sophie sichtlich angetan.

»Hmm …«, brummte Schondelmaier nur, »also, Sie wissen alle, was Sie zu tun haben?«

»Eine Frage noch«, sagte ich zögerlich. »Die Untersuchungshaft von Max und –«

»Ist nach dem jetzigen Stand der Ermittlungen absolut gerechtfertigt, Wendelin. Ich blamier mich doch nicht vor dem Haftrichter. Und jetzt raus hier, bevor ich euch den Fall ganz entziehe.«

Enttäuscht wandte ich mich zum Gehen. Als wir schon in der Tür waren, rief Schondelmaier noch einmal.

»Frau Klett, Sie passen mir auf den Hitzkopf da auf, nicht wahr? Mir scheint, er nimmt das Ganze etwas zu persönlich.«

»Keine Sorge, den hab ich schon im Griff.«
Jaja, klar.

***

Ein erster Blick in die Fallunterlagen und eine kurze Recherche im Internet und diversen Datenbanken brachten nichts Ungewöhnliches zutage.

Boris Wöhrle, Jahrgang 1986, stammte augenscheinlich von einem Hofgut in einem kleinen Kaff auf der Schwäbischen Alb. Einzelkind. Hatte im nahe gelegenen Ulm ein hervorragendes Abi gemacht, studierte anschließend an der TU München Experimentalphysik, Master in Biomedical Engineering and Medical blabla, natürlich mit summa cum laude abgeschlossen. In der Jugend Klavierunterricht. Schwarzer Gürtel in Karate, aber seit er München verlassen hatte, schien er nicht mehr aktiv Kampfsport betrieben zu haben. Stattdessen Fitness, Laufen, Bodybuilding. Teilnahme am Freiburg-Marathon, allerdings lief er »nur« den Halbmarathon, dafür aber in einer Top-Zeit.

Seit seinem Umzug nach Kollnau keine feste Beziehung, aber offensichtlich auf mehreren Dating-Plattformen aktiv, und das, wenig überraschend, recht erfolgreich. Oder war man eher erfolgreich, wenn man nur wenige Dates hatte, weil man schnell eine neue Partnerin gefunden hatte? Vielleicht suchte Wöhrle ja auch gar nicht so unbedingt die Frau fürs Leben.

Nach dem Master ein halbes Jahr Forschungsreise nach Chicago. Seit zwei Jahren Entwicklungsleiter bei der MALAD AG in Waldkirch. Das war schon bemerkenswert, direkt von der Uni weg so eine Stelle zu bekommen. War wohl ein ziemliches Käppsele, dieser Wöhrle. Schien aber sein ganzes Leben der Selbstoptimierung seines Körpers und seiner Karriere gewidmet zu haben. Freunde im engeren Sinn hatte er wohl keine. Wer niemanden so nah an sich ranließ, gab allerdings auch kaum jemandem einen Grund, ihn so zu hassen, dass man ihn umbringen wollte. Auf den ersten Blick kam mir daher sein berufliches Umfeld verdächtiger vor. Gut möglich, dass er sich dort ein paar ernsthafte Feinde gemacht hatte. Vielleicht hatte er ein paar Karrieren zerstört, Mitarbeiter schlecht behandelt oder gar entlassen?

***

Er musste dich bestrafen. Du hast ihm keine andere Wahl gelassen. Doch eines Tages wirst du stark genug sein, um dich gegen ihn zu wehren. Da bin ich mir ganz sicher.

Er hat dich wieder in den Keller gesperrt. Der Schmerz ist dir mittlerweile vertraut, genauso wie die Dunkelheit, die auf den Schmerz folgt.

Du hast gelernt, den Schmerz und die Dunkelheit auszublenden – versuchst, in Gedanken dem feuchten Keller zu entfliehen. Doch immer wieder ist da dieses Rascheln und Flattern, über deinem Kopf, um dich herum.

Sie sind da. Immer.

Du kannst sie nicht sehen, aber sie sehen dich.

Vier

Ann-Sophie und ich hatten uns für den nächsten Morgen um acht Uhr verabredet, um gemeinsam den Tatort zu besichtigen. Davor hatte meine Familie zum Frühstück geladen, da sie »des arme Maidli, des wo do so gonz allei in Waldkirch wohne muss«, schon so lange nicht mehr zu Gesicht bekommen hatten. Ein Stimmungsaufheller war auch dringend nötig, hatte doch der gestern Abend tatsächlich noch einsetzende Regen den Haussegen ordentlich schief hängen lassen.

»Mogsch au e Blapser?«, fragte Oma Ann-Sophie.

»Was mag ich?«, erwiderte diese verwirrt.

»E Blapser ... Also e Rädli vun de Lyoner?«

»Eine Scheibe Lyoner«, dolmetschte ich. Oma hatte Ann-Sophies Abneigung gegen alle tierischen Produkte immer noch nicht so ganz verarbeitet. Aber Ann-Sophie konnte damit sehr diplomatisch umgehen, das musste man ihr lassen.

»Nein danke, ich nehme mir lieber etwas Marmelade.«

»Probier die Ärberrestrichi, die isch suba«, meinte meine Mutter und reichte der verständnislosen Ann-Sophie die Erdbeermarmelade.

»Die gkauft Wurscht, die schmeckt doch eh nooch nix«, bruddelte Opa Erwin.

»Wir haben hier Leberwurst, Lyoner, Schwarzwälder Schinken, Fleischkäs und Wienerle. Da wird doch auch irgendwas nach deinem Geschmack dabei sein«, sagte ich und präsentierte den randvollen Wurstteller.

»Lumbeziig isch des! Schmeckt doch all's glich! Früher, wo mir noch eigini Wurscht gmocht henn, des war was onderes. Aber des diir Ziig, des konnsch doch de Hase ghä!«

»Immer nur am Rummosere isch der, de liebe longe Dag …«, murmelte Oma Erika genervt und packte die Wurst in den Kühlschrank.

»Ich glaub, Opa entwickelt sich auch zum Veganer«, zwinkerte ich Ann-Sophie zu.

»Nächstes Mal bringe ich veganen Schinkenspicker mit. Der ist echt super, da schmeckt man gar keinen Unterschied.«

Na, das wollte ich unbedingt sehen! Opa würde wahrscheinlich einen Herzinfarkt erleiden, wenn er erfahren würde, dass er gerade aus Soja oder was auch immer zusammengepanschte Wurst gegessen hatte. Das war ja noch schlimmer als gekaufte Wurst vom Metzger! Und im Übrigen würde ich mal behaupten, dass man da sehr wohl einen Unterschied schmeckte.

Da platzte Maria, die Joosenbäuerin, mit einem heiteren »Hallöle alle zemme« in die angespannte Stimmung. »Ebba Luscht uff e Gläsli Sekt? Des isch gut für de Kreislauf.«

Da war Opa Erwin sofort dabei, trotz der frühen Stunde: »Hajo! Z' esse griegsch ja eh nix Rächts in dem Huus, do bliibt einem ja nur noch de Alkohol. Erika, hol Gläser!«

Sofort sprang Oma auf. Opa hatte sie in den über sechzig Jahren ihrer Ehe echt gut dressiert.

»Bleib sitzen, Erika, ich hol die Gläser schon«, half Ann-Sophie ihrer Geschlechtsgenossin aus, während sie

Opa Erwin mit einem vorwurfsvollen Blick bedachte, der an Opa aber natürlich so was von abprallte. Einmal Hofherr, immer Hofherr. Und der Hofherr regierte seinen Hof wie ein König. Da änderte keiner mehr was dran, schon gar nicht eine Tierprodukte verachtende Schwäbin, und sei sie noch so attraktiv.

»So, Wendelin, jetzt verzäll emol! Was isch do los mitm Wöhrle? Mieni Nichte schafft bie MALAD und het gmeint, der wär dert e hohes Tier. De Sitti O oder wie ma dem sait?«

»City Owl? Was?«, fragte ich verwirrt.

»Ich glaube, sie meinte CTO. Chief Technology ... irgendwas«, kam mir Ann-Sophie zu Hilfe. »Ja, der war Entwicklungschef dort. Aber Sie wissen doch, dass wir uns dazu nicht äußern dürfen, Maria. Laufende Ermittlungen und so.«

»Na, von mir us. De Wende war do früher als nid so genau ... Aber 's wird halt alles immer strenger, nid wohr?«

»Was isch mit Südtirol, und warum isch der Kerli doot?«, fragte Opa Erwin, der wohl mal wieder akustisch nicht alles ganz verstanden hatte.

»Genau das müssen wir jetzt herausfinden«, zog ich mich aus der Affäre und überließ es den anderen, Opa zu erklären, was ein CTO war. »Los geht's, Ann-Sophie!«

Ann-Sophie war kaum vom Hof gefahren, da kam uns auf der schmalen Fahrstraße von den Höfen hinab nach Gutach ein Traktor entgegen.

»Wie ... wie ist das möglich?«, stammelte Ann-Sophie, trat fest auf die Bremse und brachte den Mini halb im Straßengraben zum Stehen.

Man muss jetzt dazusagen, dass Ann-Sophie eigentlich eine sehr selbstbewusste Fahrerin war, die, nur weil es mal eng wird, nicht unbedingt gleich eine Vollbremsung hinlegte. Aber nun starrte sie mit fassungslos geweiteten Augen den uns entgegenkommenden Traktor an. Und da sah auch ich es, beziehungsweise ich sah es ebenfalls nicht.

Der Traktor war ein Geistertraktor. Die Führerkabine war augenscheinlich nicht besetzt, trotzdem tuckerte er langsam auf uns zu und hielt direkt neben der Fahrertür des roten Kleinwagens.

»Salli, Sebbi. Hab dich erst gar nicht gesehen auf dem Riesentross.«

»Hallo, Wendelin, de Babba het gmeint, ich konn schu so gut Bulldog fahre, ich derf dies Johr sogar mit zum Mahje.« Die Brust des kleinen Blondschopfs schwoll voll Stolz an, sodass er fast bis übers Lenkrad ragte, und sein pausbäckiges Gesicht strahlte mit der Morgensonne um die Wette.

»Das ist ja super. Und wohin fährst du jetzt so allein?«

»De Babbe het ohgrufe. Er brucht de Hänger im Wald, un d' Mamme isch grad iekaufe.«

Ann-Sophie starrte den kleinen Strahlemann mit dem gleichen Entsetzen an, als würde ich mich tatsächlich mit einem Geist auf dem Traktor unterhalten.

»Aber nicht, dass du zu spät in die Schule kommst!«

»Mir henn hit frei. Die Lehrer mache e bädagogische Dag. Also, tschüss, Wendelin.«

Vermutlich machten die Lehrer eher einen Kollegiumsausflug zum Schuljahresabschluss.

Der Traktor beschleunigte wieder und war kurz darauf um die nächste Kurve verschwunden. Langsam löste sich Ann-Sophie aus ihrer Schockstarre.

»Verdammt, Wendelin, der Knilch auf dem Traktor geht vielleicht gerade in die erste Klasse!«

»Puh, Vorsicht. Wenn der Sebbi das gehört hätte, hättest du es auf ewig bei ihm verschissen. Er leidet ziemlich unter seiner mangelnden Körpergröße, aber in zwei Monaten kommt er schon in die vierte.«

Entgeistert starrte meine Kollegin mich an.

»Das ist ihm sehr ernst, dass man ihn nicht für einen Erstklässler hält. Immerhin ist er schon neun«, verdeutlichte ich.

»Aber er hat doch trotzdem keinen Führerschein!« Ann-Sophie schnappte fassungslos nach Luft.

»Ja, aber auf dem eigenen Grund darf man in jedem Alter fahren. Das ist hier ganz normal, der Traktor fährt ja auch gar nicht schnell.«

»Aber das ist eine öffentliche Straße!«

»Ja, schon. Aber hier fährt doch fast niemand, und wie will er denn sonst in den Wald kommen? Dazwischen liegt nun mal unser Hof.« Und noch zwei weitere, bis es wieder ihr eigener Grund und Boden war, aber das behielt ich mal für mich. Die örtliche Flurstückverteilung war teilweise etwas abenteuerlich, und man fragte sich ernsthaft, ob manche Stücke vor Generationen beim Würfelspiel den Besitzer gewechselt hatten.

»Glaub mir, der Sebbi ist ein guter Bub. Der passt schon auf, du Stadtkind«, versuchte ich, Ann-Sophie zu beruhigen, und zu meiner Überraschung ließ sie es wirklich darauf beruhen – wobei ich mir sicher war, dass sie in den Sekunden, bevor sie weiterfuhr, ernsthaft überlegte, ob sie nicht wenden, den Kleinen vom Traktor zerren und in Handschellen auf die Rückbank verfrachten solle, bevor sie seine strafmündigen Eltern aufsuchen würde. Zum Glück schien Ann-Sophie zu dem Schluss gekommen zu sein, dass der Aufwand nicht lohnte.

***

Die Villa von Boris Wöhrle war eines der letzten Häuser am Ende einer kleinen Seitenstraße, die ausschließlich aus exklusiven Residenzen bestand. Trotzdem stach Wöhrles Wohnsitz heraus. Die anderen Villen als in die Jahre gekommen zu bezeichnen wäre sicher verfehlt. Aber Wöhrles Baustil, na ja, war im Vergleich dazu sehr modern. Von der Straße aus blickte man auf ein zweistöckiges Flachdachgebäude, das Oma Erika sicherlich als Schachtel bezeichnen würde. Beim näheren Hinsehen waren es sogar eher mehrere kunstvoll ineinander verschachtelte Schachteln.

Neben der Garagenschachtel wartete bereits Mike Wagner auf uns. Mike war Polizeianwärter und bisher von Martin Dörrsam, dem Revierleiter in Elzach, betreut worden. Nach Martins Verhaftung im Frühjahr wurde Mike hin und her gereicht, weil Martins Stelle noch nicht neu besetzt war. Zurzeit hatten wir ihn zugeschoben bekommen. Als er Ann-Sophies Mini Cooper bemerkte, veränderte Mike seine gelangweilte Haltung und stellte sich breitbeinig, die Hände in die Taschen gesteckt, auf. Sein durchtrainierter Körper machte in der Uniform schon etwas her, aber irgendwie erinnerte mich diese Pose immer an Cristiano Ronaldo, bevor er einen Freistoß schoss.

Nach kurzer Begrüßung brach Ann-Sophie das Siegel und öffnete die Tür. Den Schlüssel dafür hatte sie sich von Joachim Mayer geben lassen. Geräuschlos schwenkte die schwere Eingangstür auf.

»Was ist denn das für ein abgefahrener Klingelknopf?«, bemerkte unser Anwärter.

»Das ist doch dieses Batman-Symbol«, ergänzte Ann-Sophie und zeigte auf ein mindestens fünfzehn Zentimeter großes, chrompoliertes Fledermauszeichen, in dessen

Mitte sich ein kleiner Knopf befand. Darunter stand: »B. Wöhrle«. Wobei das »öhrle« sehr klein im Vergleich zu den beiden Großbuchstaben geschrieben war.

»Ja klar, aber … warum?«

»Vielleicht stand Herr Wöhrle auf Superhelden? Erscheint mir aber reichlich kindisch für den Leiter der technischen Entwicklung bei MALAD.«

»Und warum B.?«, überlegte ich laut.

»Er heißt Boris Wöhrle. Schon wieder vergessen?«

»Nein, das weiß ich doch. Aber ich meine, auf dem Klingelschild ist jede Menge Platz, er wohnt allein. Warum kürzt er den Vornamen ab?«

»Fand er halt irgendwie cool oder so. Ich denke nicht, dass das irgendwas zu bedeuten hat«, mischte sich unser Jungspund ein.

»Soso«, murmelte ich. »Weißt du denn überhaupt, wer hier wohnt?«

»Na ja … Boris Wöhrle eben. Seit knapp zwei Jahren Entwicklungsleiter bei MALAD. Hat das Haus von irgendeinem Architekten gekauft, der in die Schweiz gezogen ist.«

Mike hatte seine Hausaufgaben gemacht.

Ich nickte anerkennend. So viel Engagement hatte ich ihm nicht zugetraut. Andererseits musste man wohl einiges an Eigeninitiative und Disziplin mitbringen, um mit gerade mal zwanzig Jahren so einen Bizeps sein Eigen zu nennen.

»Der Architekt ist wohl dem Ruf des Geldes gefolgt«, vermutete Ann-Sophie.

»Oder geflohen«, ergänzte ich. »War Teilhaber des Architekturbüros, das die Freiburger Unibib verbrochen hat.«

»Der Glasklotz, bei dem die Fassade abfällt, wenn die

Sonne zu sehr draufknallt, und die undicht ist, wenn es stark regnet?«

»Ja, genau der. Ist da nicht auch kurz nach der Eröffnung der Boden eingestürzt? Meine Cousine hat in Freiburg studiert und erzählt, sie musste immer über irgendwelche Holzstege laufen, um an ihre Bücher zu kommen. Scheint dem Architekten aber nicht geschadet zu haben, wenn man sich hier umsieht.« Ich ließ meinen Blick durch die Villa gleiten.

Überrascht stellte ich fest, dass wir uns nicht im Erdgeschoss eines zweistöckigen Hauses befanden. Wir standen auf einer hüfthoch mit Glas umzäunten Galerie, die im ersten Obergeschoss schwebte. Offensichtlich hatte der Architekt die Hanglage genutzt, um aus den zwei Stockwerken drei zu machen. Direkt bei der Tür befand sich eine Garderobe samt silberumfasstem Spiegel, silbernen Kerzenhaltern und einem weiß glänzenden Schuhschrank. Links führte die Galerie nach etwa fünf Metern zu weiteren Räumen und einer Treppe ins Obergeschoss. Vor beziehungsweise unter uns tat sich ein beeindruckender Blick auf ein großes Wohn-Ess-Zimmer mit frei stehender Küche auf. Da die von der Straße abgewandte Front komplett aus Glas war, hatte man von hier oben einen gigantischen Blick auf das Kandelmassiv. Verdeckt wurde der Blick nur minimal von einer Lichtinstallation, die von der Decke des zweiten Obergeschosses in einer geschwungenen Helix bis hinab ins Erdgeschoss zu schweben schien und automatisch aufleuchtete, als wir eintraten. Vor uns schlängelte sich eine steile, ebenfalls glasumfasste Treppe hinab ins Wohnzimmer.

»Alter Falter«, entfuhr es Mike.

»Aber hallo. Mike, du bist noch jung. Überleg dir das noch mal gut mit deinem Berufswunsch.«

»Was verdient man als Entwicklungsleiter bei MALAD, dass man sich mit Mitte dreißig so einen Prachtbau leisten kann?«

»Genau das sollte eine der ersten Fragen an MALAD sein.« Ann-Sophie vermerkte sich eine Notiz in ihrem Handy, und wir beschlossen, heute noch einen Termin auszumachen. Mayer war sicher auch schon dort gewesen, und man war vermutlich irritiert, wenn nach so kurzer Zeit schon wieder andere Polizisten auftauchten und Fragen stellten. Aber Geld war in diesem Fall sicher ein mögliches Mordmotiv, und es galt herauszufinden, ob das augenscheinliche Vermögen von Boris Wöhrle wirklich vollständig aus legalen Quellen stammte.

Die weitere Begehung des Wohnzimmers förderte nicht viel zutage. Schicke Designermöbel, moderne Kunst, die nicht mal schlecht aussah, dazu natürlich drei der obligatorischen Fotoporträts, auf denen gepiercte und tätowierte Models in traditionelle Schwarzwaldtrachten gewandet waren, wie man sie mittlerweile in vielen Wirtschaften und Häusern in der Gegend fand. Auch ich hatte vier der Damen in meiner Wohnung hängen, allerdings im Postkartenformat – größer konnte ich sie mir nicht leisten.

Alles in allem wirklich chic, aber irgendwie vielleicht ein wenig zu chic. Wie ein Werbefoto für einen Katalog. Stylisch, aber vollkommen frei von Nestwärme.

Nirgends erblickte ich so etwas wie einen persönlichen Gegenstand, keine Pokale, Familienfotos, nichts, was Rückschlüsse auf den Hausbewohner zuließ. Außer dass dieser Geld hatte.

Durch die riesige Glasfront, die das Gebäude schon zu dieser frühen Stunde ordentlich aufheizte, sah man direkt auf die angrenzende Terrasse und den Pool, der wirklich bis auf die letzten zwanzig Zentimeter leer gepumpt war.

Nachdem wir nichts Relevantes gefunden hatten, beschlossen wir, den Ort des Verbrechens näher zu betrachten. Neben einem kleinen Fitnessraum befand sich das Schlafzimmer. Das Eckzimmer im ersten Obergeschoss war an zwei Seiten von Glas umschlossen. Allerdings ließ sich nur das Fenster zur Schmalseite öffnen, das über der Garage lag. Für einen halbwegs fitten Erwachsenen sollte es kein Problem sein, über die Garage einzusteigen, wenn das ansonsten alarmgesicherte Fenster offen stand. An der Wand über dem Bett thronte ein großes Bild, das einen Bergsteiger mit zum Jubel ausgestreckten Armen auf einem schroffen Gipfel zeigte. Im Vordergrund prangte in fetter Schrift: »DU BIST HEUTE NICHT AUFGEWACHT, UM DURCHSCHNITTLICH ZU SEIN«.

Auf dem Doppelbett darunter lag ein zurückgeschlagenes Deckbett in hellblauer Satinbettwäsche. Ohne den rotbraunen Fleck, der sich auf dem Kopfkissen ausgebreitet hatte, hätte der Raum mit der herrlichen Aussicht vollkommen friedlich in der Morgensonne gelegen. Als ich gerade einen Blick auf die Anzüge in dem großen Schiebetürenschrank neben der Tür werfen wollte, hörte ich auf einmal ein Stöhnen.

»Hast du das auch gehört?« Ann-Sophie blickte mich irritiert an.

»Hmmpfff.«

Da war es wieder.

»Mike?«, rief ich.

Das gepresste »Jo?« kam definitiv aus dem Nebenzimmer, einem Raum mit einer Handvoll Fitnessgeräte. Auf der Hantelbank lag Mike und hievte gerade eine beachtliche Menge Eisen in die Luft. Seine schweißglänzenden Arme zitterten leicht.

»Wollte nur mal schauen, was der Boris so gedrückt hat. Hundert Kilo. Nicht schlecht, muss ich sagen.«

»Aber du schaffst sicher mehr, oder?«, fragte ich.

»Natürlich.« Mike zeigte uns sein schönstes Kinderschokoladenlächeln, das jedoch immer wackliger wurde, während er zur Untermalung des Gesagten das Gewicht noch zweimal von der Brust schwungvoll nach oben stemmte.

»Okay, es reicht. Wir müssen weiter«, grinste ich.

Ich befürchtete, dass er das sonst bis zum Zusammenbruch durchgezogen hätte. Auf jeden Fall, solange Ann-Sophie im Raum war. Mike legte die schwere Hantel ab. Vermutlich dankbar dafür, dass ich und nicht die Grenzen seiner Kraft ihn zum Aufhören gebracht hatten.

Die nächste Tür führte in den Raum, in den ich am meisten Hoffnungen gesteckt hatte. Es war ein kleiner Technikraum mit Heizung, Stromzähler, Technik für die Solarthermie, einem Regal mit Werkzeug und einem Schreibtisch, über dem sechs kleine Monitore angebracht waren. Die Kameraüberwachung. Intensiv betrachtete ich jedes Bild, aber leider hatte Joachim sich hier keinen Fehler erlaubt. Die Kameras deckten jeden Winkel des Gebäudes ab. Hinzu kam sogar noch eine Kamera direkt über der Eingangstür, die mit der Sprechanlage verbunden war. Es gab keine Möglichkeit, sich ungesehen zu nähern. Sollte wirklich ein unbekannter Mörder genau in dieser Nacht auf der Lauer gelegen haben? Wenn Wöhrle nicht dauerhaft beschattet worden wäre, wäre das komplett unwahrscheinlich. Da musste ich Mayer leider absolut recht geben. Aber die gegenteilige Annahme ergab ja genauso wenig Sinn.

Wieso sollten Max und Andre jemanden umbringen? Das konnte einfach nicht sein.

In einem Akt der Verzweiflung wählte ich die Nummer von Alex aus der IT und fragte ihn, ob er sich wirklich alle Aufnahmen schon angeschaut habe. Ob er nicht noch mal überprüfen könne, ob er nicht doch irgendetwas Verdächtiges gesehen habe. Auch wenn ich schon vor dem Gespräch wusste, dass Alex seinen Job gewissenhaft ausführte und sich bestimmt längst gemeldet hätte, wenn es etwas zu berichten gäbe.

»Glaub mir, ich habe alles zwei Mal durchgeschaut. Da gibt es nichts zu sehen, Wende«, konstatierte Alex zu meiner Enttäuschung. »Andererseits gibt es auf der einen Kamera ja wirklich nichts zu sehen.«

»Wie meinst du das?«

»Na ja … die ist schwarz.«

»Ach so, du meinst die mit der Plastiktüte?«

»Quatsch, die hat davor ja gestochen scharfe Bilder geliefert. Aber die rechts Richtung Garagenfront und Seite … die war die ganze Nacht schwarz.«

»Was? Wie kann denn das sein? Hat die jemand manipuliert?« In mir keimte Hoffnung auf.

»Nee, das is einfach 'ne ganz normale Kamera. Nichts mit Nachtsicht. Vor Sonnenuntergang und am Morgen lieferte die wieder gute Bilder. Sind ja auch schweineteuer, die anderen Teile.«

»Moment. Du willst mir sagen, Wöhrle lässt sich so ein Top-Überwachungssystem einbauen und spart dann genau an einer Kamera? Das macht doch keinen Sinn.«

»Er hat an zweien gespart. Es sind sechs Kameras, vier an jeder Hausecke, eine zum Garten und eine zur Straßenseite hin, plus die kleine an der Sprechanlage. Die kleine und die zur Straße hin haben keine Nachtsichtfunktion. Wäre auch unnötig. Vorne links wird ein Großteil des Bürgersteigs von der Straßenlaterne beleuchtet. Eigentlich dürfte er das gar nicht. Datenschutz, öffentliches Gelände und so. Aber wegen ein, zwei Metern unternimmt da bei Privatpersonen keiner was. An der Eingangstür gibt es einen Bewegungsmelder mit Beleuchtung. Wenn also jemand kommt, kann der auch von beiden Kameras ohne Nachtsicht erkannt werden. Warum das bei der Kamera an der rechten Vorderecke nicht genauso ist, weiß ich nicht. Komisch ist es schon.«

»Sell isch wege de Flädermiis.«

»Wie bitte?« Ich musste mich verhört haben. Direkt nach dem Telefonat mit Alex hatte ich Edeltraut Ringwald, Wöhrles Haushälterin, die ihren Arbeitgeber tot aufgefunden hatte, angerufen in der Hoffnung, eine Erklärung für diese untypische Knausrigkeit bei Wöhrle zu erfahren.

»Wege de Flädermiis und de Nochbarskatz un so Lumbeviecher halt. Der Herr Wöhrle het gli bim Ihzihge die gonz Alarmanlag und selli Kameras und all des ibaue losse. Wisse Sie, ich war au schu bim Herr Gutmann devor Putzfrau. Der Herr Gutmann het noch e wing Vertraue in d' Welt gho. Aber Gott, wenn ma so wohnt, muss ma viellicht schu e wing meh uffbasse wie unsereins. Na, uff jeden Fall isch 's Schlofzimmer doch direkt über de Garasch. Un an seller Garasch war ja donn der Bewegungsmelder. Im Winter isch 's nid so schlimm, aber im Summer fliege da usm Bläsiwald immer Flädermiis rum. Die siehsch jo mitm blose Aug kaum im Dunkle. Ich uff jede Fall nimmi. Wisse Sie, ich hob mol gut gsähne, aber ich bin jetzt halt au schu über sechzig ... Jessis, ball siebzig! Na egal. Die Flädermiis un ab un zu halt au 's Tigerle vuns Imhofe nebedrah, wenn die do an de Garasch vorbeihusche, goht jedes Mol 's Licht oh. Und des stört

halt schu, wenn ma schlofe will. Kunnt do ebber?, frogsch
dich donn immer. Un do het de Herr Wöhrle nochere Zit
den Bewegungsmelder eifach usgmocht. Der konn des ja
so mit dem Elektroziigs do. Ich wüsst jetzt nid, wie ma
des mocht.«

»Danke, Frau Ringwald. Sie haben mir wirklich sehr
geholfen«, unterbrach ich ihren Redefluss. Immerhin …
es gab wieder einen kleinen Silberstreifen am Horizont
für Andre, Max und deren Unschuld.

»Lasst uns doch noch eben die Nachbarn befragen«,
schlug Ann-Sophie vor.

Mayer hatte bei seinen Ermittlungen bisher keinen von
Wöhrles Nachbarn erreichen können. Die Nachbarn zu
Wöhrles rechter Seite, wohnhaft in einem großzügigen
Bungalow, der von zwei großen Steinlöwen bewacht
wurde, öffneten auch nach mehrfachem Klingeln nicht.
Der volle Briefkasten ließ darauf schließen, dass sie ver-
mutlich verreist waren.

Bei den Nachbarn zur linken hatten wir mehr Glück.
Kurz nach dem ersten Klingeln öffnete uns eine adrette
Mittsiebzigerin in einem seidig schimmernden Morgen-
mantel, der aussah, als sei er einem Gemälde von Hun-
dertwasser entsprungen.

»Guten Tag, Frau Imhoff«, las Ann-Sophie vom Klingelschild ab. »Ich bin Frau Klett, und das sind meine Kollegen, Herr Wisser und Herr Wagner. Wir sind von der
Kripo Emmendingen und würden Ihnen gerne ein paar
Fragen zu Ihrem Nachbarn, Herrn Wöhrle, stellen.«

»Aber natürlich, treten Sie ein. Ist ja schon wieder so
furchtbar heiß heute«, winkte uns Frau Imhoff in das
durch die Marmorverkleidung angenehm kühle Foyer.
»Darf ich Ihnen ein Wasser anbieten?«

Wir bejahten dankbar, und Frau Imhoff eilte in die Küche. Ich ließ meinen Blick über die sicherlich sehr teure Einrichtung schweifen, die ich mir nicht mal in meine Wohnung stellen würde, wenn ich dafür noch Geld obendrauf bekäme. Geschmack konnte man sich halt nicht kaufen.

»So, da bin ich wieder«, sagte Frau Imhoff und drückte uns jeweils ein Kristallglas mit Zitrone in die Hand. »Also die Sache mit Herrn Wöhrle, das ist ja ganz, ganz schrecklich. Ich bin immer noch schockiert. Wie kann ich Ihnen denn weiterhelfen?«

»Haben Sie in der fraglichen Nacht von Samstag auf Sonntag vielleicht etwas mitbekommen? Etwas beobachtet oder gehört?«

»Also, freitags gehe ich immer mit meiner lieben Freundin Renate von Stoll in die Sauna, nachdem wir bei der Pediküre waren. Danach bin ich meist so müde, dass ich früh zu Bett gehe. Dann schlaf ich wie ein Stein. Samstags ist mein Terminkalender auch immer voll. Da habe ich einen Töpferkurs. Anschließend treffe ich mich mit ein paar Freundinnen zum Brunch. Das machen wir jeden Samstag, bevor wir nach Gutach zum Damengolf fahren. Wobei ich da momentan leider nur zuschauen kann. Der Ischias, wissen Sie?«

»Sie haben also Freitagnacht nichts Außergewöhnliches bemerkt?«

»Nein, tut mir sehr leid.«

»Kannten Sie Herrn Wöhrle gut?«

»Nun ja, ›gut‹ würde ich jetzt nicht sagen. Man grüßt sich halt. Allerdings hat man sich nicht oft gesehen. Vor zwei Jahren ungefähr hat er das Anwesen der Gutmanns gekauft. Dieses Sensorzeugs muss ja wirklich sehr gefragt sein. Der arbeitet ja noch gar nicht so lang bei MALAD. Muss da ein hohes Tier sein, so schnell, wie der zu Geld gekommen ist«, bemerkte Frau Imhoff naserümpfend.

Da sie uns nicht weiterhelfen konnte, verabschiedeten wir uns bald wieder.

Wir waren schon fast draußen, als uns Frau Imhoff noch einmal zurückhielt. »Ach, eine Sache fällt mir da noch ein. Wahrscheinlich ist es nicht relevant, aber in den letzten zwei, drei Wochen stand immer mal wieder ein Auto schräg gegenüber auf der anderen Straßenseite.«

»Was ist daran ungewöhnlich?«

»Na ja, das Auto passt hier nicht her. Ziemlich heruntergekommen.« Leider konnte Frau Imhoff keine weiteren Angaben zu Modell oder Insassen machen. Sie erinnerte sich lediglich, dass es eher klein, rot und »ganz sicher kein Mercedes« gewesen war.

»Vielleicht wurde Herr Wöhrle ja beobachtet. Wer so schnell zu Geld kommt, macht sich bestimmt Feinde«, mutmaßte Frau Imhoff.

»Bitte informieren Sie uns umgehend, wenn das Auto noch mal auftaucht«, bat ich sie und gab ihr meine Karte, als auch schon mein Handy klingelte und ein mir unbekannter Mann mich um einen Gefallen bat, den ich nur zu gerne erbrachte.

✳✳✳

Freudestrahlend sogen Max und Andre die Sommerluft tief in ihre Lungen, als sie in Begleitung ihres Anwalts und mir aus dem Gerichtsgebäude traten.

»Ah … der Duft von Freiheit«, meinte Andre schwelgerisch. »Vielen Dank euch beiden.« Er lächelte uns dankbar an.

Andres Anwalt hatte sich heute Mittag bei mir gemeldet und mich gebeten, den Wasserdiebstahl beziehungsweise die Poolparty persönlich vor dem Haftrichter zu bezeugen. Das hatte offensichtlich, in Kombination mit der bei Nacht nicht funktionsfähigen Kamera sowie dem verdächtigen Wagen, aus welchem Wöhrles Villa womöglich beschattet worden war, auch eine alternative Spur ergeben, weshalb Max und Andre heute Mittag aus der U-Haft entlassen worden waren. Das Fehlen jeglicher Vorstrafe, der Tatwaffe und vor allem eines stichhaltigen Motivs waren dabei sicher genauso ausschlaggebend gewesen. Nichtsdestotrotz waren die beiden natürlich nach wie vor die Hauptverdächtigen, mussten sich einmal täglich persönlich beim nächstgelegenen Polizeirevier melden und durften den Landkreis nicht verlassen.

»Freut euch mal nicht zu früh«, dämpfte ich die lockere Stimmung. »Das war knapp. Hätte auch nur einer von euch irgendeine Vorstrafe gehabt, wärt ihr vermutlich immer noch da drin. Und auch wenn ihr jetzt aus der U-Haft raus seid: Ihr seid nach wie vor die beiden Hauptverdächtigen, und Mayer wird alles tun, um irgendwas zu finden, was euch wieder direkt hinter Gitter bringt.«

»Du glaubsch ja wohl nid, dass mir den Typ do zemme umbrocht hänn?«, empörte sich Max.

»Natürlich nicht.«

»Na also«, meinte jetzt auch Andre. »Wir leben immer noch in einem Rechtsstaat. Die fast zweiundsiebzig Stunden waren schlimm genug.«

»Aber hallo! Mir hänn doch eigentlich nix zu befürchte«, meinte auch Max. Schloss dann allerdings aufgrund der Erfahrungen der letzten Tage deutlich unsicherer an: »Oder, Wende?«

»Nein, natürlich nicht. Soll ich euch nach Hause bringen?«, bot ich an.

Die beiden gingen dankbar auf das Angebot ein, und so schlenderten wir zu meinem Wagen.

»Wisst ihr schon, wem dieses Auto gehört, aus dem Wöhrles Haus beobachtet wurde?«, fragte Andre.

»Also, erst mal *wissen* wir überhaupt nicht, ob überhaupt jemand Wöhrles Haus observiert hat. Bisher haben wir auch noch keinen Anhaltspunkt, wer das war, und wenn, dürfte ich euch zwei Knastbrüdern als Letztes etwas darüber sagen. Immerhin seid ihr so oder so indirekt in das Geschehen verwickelt. Fragen zur Tatnacht sollte daher nach wie vor ich stellen.« Wir waren mittlerweile am Auto angelangt, aber anstatt aufzuschließen, sah ich die beiden lange eindringlich an.

»Wollt ihr mir noch irgendetwas sagen? Ihr wisst, ich will euch helfen. Gibt es irgendwas, was uns vielleicht irgendwie weiterhelfen könnte? Egal, wie nebensächlich es euch vorkommen mag.«

Nach kurzem Schweigen meinte Max zögerlich: »Na ja, viellicht der onder Typ im Garte?«

»Welcher Typ im Garten?«, entfuhr es mir. Das klang weit weniger nebensächlich, als ich erwartet hatte.

»Ach … Im Nachhinein bin ich mir gar nicht mehr so sicher«, wiegelte Andre ab.

»Ich hob grad den Saugheber richtig ogschlosse gho, do het de Andre uff eimol gsait: ›Ich glaub, do isch einer.‹«

»Und du, Max? Hast du selber auch etwas bemerkt?«, hakte ich nach.

»Ich?« Max zeigte mir den Vogel. »Ich hob eh schu die gonz Zitt ä tierisch mieses Gfühl gho und hob mich nie meh wie drei Meter vun dere Hecke wegbewegt. Andre het den Satz kuum ussgsproche, do war ich au schu ab durch die Hecke.«

Bei der Erinnerung an ihr gemeinsames Abenteuer musste Andre auflachen. »Das stimmt. Der war mit Warp-Geschwindigkeit verschwunden. Ich kam kaum hinterher. Mich hat's den Hang runter auch ordentlich gewickelt.«

»Und was hast du gesehen?«

»Ach … ich weiß es wirklich nicht. Ich war halt auch total angespannt, und da war dann so ein Knacken im Dickicht Richtung Nachbarschaft. Und dann hab ich gemeint, da hätte sich was Dunkles bewegt. Und dann haben wir auch schon die Flucht ergriffen.«

»Kommt, Leute, mich braucht ihr nicht verarschen. Ich steh auf eurer Seite.« Das klang doch jetzt wirklich ziemlich bei den Haaren herbeigezogen und war so unkonkret, dass es unmöglich zu widerlegen war.

»Ich kann verstehen, wenn du mir das nicht glaubst. Ich weiß ja selber nicht, was ich glauben soll. Aber in dem Moment hatte ich das Gefühl, dass wir nicht allein waren. Dass mir das vor Gericht nicht weiterhilft, weiß ich selbst.«

»Habt ihr das dem Mayer nicht gesagt?«

»Doch, natürlich, aber du hörst ja selbst, wie das klingt.«

»Hmm«, brummte ich. Dass das nach einer ziemlich fadenscheinigen Ausrede klang, konnte ich meinem Kollegen wohl nicht übel nehmen.

*＊＊

Nachdem ich Max und Andre in ihrem jeweiligen Zuhause abgeliefert hatte, fuhr ich von meiner guten Tat für meine Freunde euphorisiert auf den großelterlichen Hof. Dort saßen meine Eltern und Opa Erwin zusammen im Garten. Ein eigentlich idyllisches Bild, so in diesem ganzen frischen Grün des schimmernden Grases mit den knorrigen Obstbäumen, ganz abgesehen von den üppig blühenden Geranien, die in satten Rot- und Pinktönen aus den Balkonkästen wucherten. Was wäre ein Schwarzwaldhof nur ohne Geranien! Doch an den beiden dunkelroten Ohrenpaaren konnte ich erkennen, dass mein Vater und mein Opa all das nicht wahrnahmen, sondern in eine heiße Diskussion verstrickt waren.

»Um was geht's schon wieder?«, fragte ich meine Mutter, die dabei war, Mirabellen zu pflücken.

»Alpakas«, meinte sie nur schulterzuckend.

Mein Vater spielte schon länger mit dem Gedanken, sich ein paar Alpakas anzuschaffen, aber Opa Erwin war davon nicht gerade begeistert. Wie von fast allen Ideen, die mein Vater, einst ein hoch motivierter studierter Agrarwissenschaftler, so vorbrachte.

»Neumodischs Ziig! Was kamma mit solchene Albagas denn moche? Gebe die Milich?«

»Ja, also prinzipiell gebe die schu Milch, aber die trinkt ma nid.«

»Kamma Wurscht druss moche?«

»Na, weiß nid. Ich glaub, eher nid.«

»Wulle?«

»In der Tat kann ma Alpakawolle mache, aber eigentlich isch des nid de Sinn …«

»Ja, für was brucht ma die Viecher denn sunscht?«

»Zum Spazierengehen.«

»Zum Spazieregu? Schwätz kei Babbedeggel on mich no!«

»Nei, im Ernst. Des isch grad voll im Trend, vor allem bei junge Maidli. Da gibt's donn ein Spaziergang mit Alpakas als Programmpunkt beim Junggesellinnenabschied. Oder Fotoshootings mit Alpakas für Hochzeitspaare.«

»Un wieso?«

Das war eine gute Frage, aber die konnte wohl keiner

so wirklich beantworten. Auf jeden Fall gab es eine Menge Leute, die viel Geld für so ein Erlebnis bezahlten. Und das war doch ein super Argument. Also in meinen Augen zumindest. Und in denen meines Vaters.

Nur Opa war anderer Meinung: »Losse doch den Quatsch gelte!« Damit war das Thema für ihn beendet.

Nach diesem Intermezzo familiärer Zuneigung dürstete es mich nach ein, zwei Feierabendbieren. Es war Samstag, es war Sommer, da ließ sich doch sicher irgendwo ein Fest finden. Ein Blick in den Ewigen Elztäler Festkalender ergab, dass dieses Wochenende das B-Fest in Niederwinden anstand. In meiner Jugend hatte es noch Ballermann-Fest geheißen, nach irgendwelchen rechtlichen Streitereien durfte es nur noch das B-Fest sein. Mittlerweile hatte es einen anderen Namen, den ich mir einfach nicht merken konnte.

✳✳✳

Schon von Weitem schallten mir fröhliche Blasmusiktöne und ein Stimmengewirr, das an einen munteren Bienenschwarm denken ließ, begleitet von dem Geruch von heißem Bratfett und Striebli, entgegen.

»Salli, Jungs, und wie geht's?«, begrüßte ich Max und Simon, nachdem ich mich durch das Gedränge vor den verschiedenen Essens- und Getränkeständen gekämpft hatte. Für die paar Meter hatte ich fast eine Stunde benötigt, war mir doch das ein oder andere bekannte Gesicht begegnet und ich hier und da zu einem kurzen Plausch stehen geblieben.

Meine beiden Kumpels hatten sich strategisch klug an einem Stehtisch zwischen Bier- und Erdbeerbowlestand platziert. So war man direkt an der Quelle, hatte aber auch die Bowle schlürfenden Mädels gut im Blick. Der Aufwärmschnaps stand auch schon bereit. Der Niederwindener Musikverein legte gerade mit dem »Böhmischen Traum« los.

Ach, so ein Dorffest war doch eine feine Sache.

»De Schock sitzt immer noch tief«, seufzte Max und schüttete den Obstler hinunter. »Ich glaub, ich bruch gli noch einer. Oder Bowle, die fetzt au.«

»Selbst schuld, Max«, sagte Simon. »Geile Aktion mit der Poolparty. Aber irgendwie auch richtig geistesgestört. Und dann auch noch das mit der Leiche …«

»Ich will nix meh dodefu höre!«, jammerte Max. »Ich konn schu sit ewig nimmi schlofe deswege.«

»Ja, bitte, reden wir über was anderes als die Arbeit«, stimmte ich zu und genehmigte mir den zweiten Schnaps.

»Auf die Vogelwiese ging der Franz, weil er gern einen hebt«, stimmte der Musikverein gerade mit viel gesanglicher Unterstützung an.

Simons Handy brummte, und er begann verstohlen lächelnd darauf herumzutippen.

Max blickte ihm über die Schulter und fragte ganz unverblümt: »Soso, simma wieder uff Tinder unterwegs?«

»Ich dachte, du hättest Tinder schon durchgespielt?«, flapste ich.

»Man kann Tinder –«

»Du weißt schon, wie ich's meine.«

»Ja, hast schon recht. Der Teich ist ziemlich leer gefischt, und ich war auch schon lange nicht mehr online. Aber ab und zu verirrt sich doch noch ein Neuzugang dorthin, und diesmal ist es … ein Koi im Karpfenteich.«

»Ich kann mit den Fischmetaphern hier echt nichts anfangen.«

»Na gut, dann eben eine seltene Perle.«

»Also, von dir unentdeckte Perlen sind wirklich rar«, stichelte ich und nahm einen kräftigen Schluck Bier.

»Das Bier im Zelt war gut und herrlich kühl, darum trank der Franz viel zu viel« … und der Wendelin auch.

»Glaub mir, die ist echt bombe. *Nightingale93*. Sieht aus wie Keira Knightley.«

»Holla, die Waldfee«, entfuhr es Max, der immer noch ungeniert auf Simons Bildschirm schielte.

»*Nightingale93*? Soso. Zeig mal her!« Ich schnappte mir Simons Handy und spuckte sogleich fast das halbe Bier über den Tisch.

»Das … das ist ja Ann-Sophie!«, stotterte ich.

»Ann-Sophie? DIE Ann-Sophie? Deine neue Klugscheißerkollegin?«

»Ja, genau die!«

»Warum hast du denn nie gesagt, dass das so 'ne Granate ist? Dann hätte ich doch eher mal bei euch reingeschaut, in der Mittagspause oder so«, witzelte Simon.

»Du lässt die Finger von ihr! Ich sag's dir! Kein Wort schreibst du ihr mehr!«

»Okay, okay, ich wusste ja nicht, dass es so ernst ist«, erwiderte Simon beschwichtigend.

»Es ist nicht ernst!«

»Sicher? Du flippst aber gerade dezent aus.«

Meine Feierlaune war dahin. »Ach, scheiß drauf. Ich geh heim.«

»Mensch, Wende, warte doch. Ich wusst doch nicht …«

✳✳✳

Zwanzig Minuten später stand ich vor Ann-Sophies Wohnungstür und klingelte Sturm. Wie ich dorthin gekommen war, konnte ich nicht mehr so genau rekonstruieren.

Wahrscheinlich Autopilot – gut, dass ich ja selber die Polizei war.

»Wendelin!« Eine völlig zerzauste, verschlafene und trotzdem unverschämt hinreißend aussehende Ann-Sophie öffnete die Tür. »Ist etwas passiert?«

»Könnte man so sagen«, erwiderte ich und drängte mich ungefragt in die Wohnung. »Sind wir also auf Tinder?«, kam ich auch gleich zur Sache.

»Ich schon. Du etwa auch?«

»Sehr witzig. So viel also zum Thema ›Schnauze voll von Männern‹, gell?«

»Mann, Wendelin. Müssen wir das jetzt klären? Du bist betrunken, und außerdem ist es mitten in der Nacht!«

»Ja, müssen wir!«

»Schön, dann beeilen wir uns, damit ich wieder ins Bett komme. Ich komme gerade aus einer Langzeitbeziehung und kenne hier fast niemanden. Ich will einfach etwas Spaß und Ablenkung haben. Deshalb bin ich bei Tinder. Um mich unverbindlich umzuschauen.«

»Unverbindlich umschauen? Im Elztal, wo jeder jeden kennt? Hättest du da deinen Spaßradius nicht wenigstens Richtung Freiburg ausdehnen können? Beinahe hättest du meinen Kumpel Simon gedatet!«

»Oh, *simonbarnabus2.0*? Mit dem hat es sich echt gut geschrieben. Aber aus einem Date wird dann jetzt wohl nichts mehr …«

»Ganz bestimmt nicht!«, rief ich entrüstet. »Spaß also, hm? Und mit mir kann man keinen Spaß haben?«

»Ach, Wendelin, mein Leben ist kompliziert genug. Wir sind Kollegen. Wie stellst du dir das vor?«

Wie genau ich mir das vorstellte, wollte ich ihr jetzt lieber nicht beschreiben. Das könnte in meinem aktuellen Zustand etwas zu schlüpfrig werden. »Wenn wir keine

Kollegen wären, hätte ich dann eine Chance?«, fragte ich stattdessen resigniert. Nachdenklich blickte Ann-Sophie mich aus ihren Rehaugen an.

»Ja«, sagte sie nach einer halben Ewigkeit. »Dann hättest du vielleicht eine Chance.«

»Gut, dann gehe ich gleich Montag früh zum Schondelmaier und kündige.« Ich stand auf. »Gute Nacht, die Dame.« Und wankte hinaus.

✶✶✶

Die Dunkelheit wird dein Freund. Nicht aber die Wesen, die in dieser Dunkelheit leben, sich von ihr nähren.

Sie erfüllen die Dunkelheit mit ihren schwirrenden Leibern, beobachtend, suchend. Voller Angst lauschst du ihren Geräuschen, erträgst sie kaum.

Was wollen sie bloß von mir?, fragst du dich. Welchen Plan verfolgen sie?

Hat er sie geschickt? Sollen sie dich bewachen, damit du schön artig bleibst?

Was hast du getan, um immer wieder hier unten eingesperrt zu werden?

Du machst dich noch kleiner, hältst dir die Ohren zu.

Fünf

»Hast du es getan?«, rief Ann-Sophie, kaum dass sie am Montagmorgen durch die Bürotür hindurch war.

»Gekündigt? Aber sicher! Heute Abend zwanzig Uhr in der Krone?«

Ungläubig blitzte sie mich an. »Im Ernst?«

»Schondelmaier!«, brüllte ich über den Gang. »Hab ich gekündigt oder nicht?«

»Na, schön wär's!«, grummelte der elendige Verräter zurück.

»Würdest du mir das echt zutrauen? Mitten im Fall?«, fragte ich dann an Ann-Sophie gewandt.

»Dir und deinem alkoholvernebelten Gehirn traue ich alles zu. Aber ich wäre schon schwer enttäuscht gewesen, wenn du mitten in den Ermittlungen hingeschmissen hättest.«

Na, immerhin. Wobei es schon echt ernüchternd war, was sie mir alles zutraute.

»Da kann ich dich beruhigen, war nur Spaß. Aber, Ann-Sophie? Darf ich dich nur um einen kleinen Gefallen bitten? Wenn wir den Fall gelöst haben, gehen wir dann wenigstens einen Kaffee trinken? Und reden dabei über alles, nur nicht über unsere Arbeit?«

»Na schön. Denke, das wäre drin. Aber erst müssen wir den Fall lösen ...«

»Dann legen wir jetzt mal richtig los.«

»Na dann, Sherlock. Was steht heute an?«, lächelte Ann-Sophie.

»Ich habe gerade schon bei MALAD, dem Arbeitgeber von Wöhrle, angerufen. Vielleicht erfahren wir ja da ein wenig mehr über ihn.«

»… und sein Einkommen«, ergänzte Ann-Sophie.

»Finde ich gut. Was sagen die von MALAD denn dazu, dass sie schon wieder Besuch von der Polizei bekommen? Joachim hat die doch sicher auch schon befragt.«

»Hat er. Ist mir aber egal, und die Frau am Telefon war professionell freundlich. Wahrscheinlich sind sie etwas irritiert. Andererseits wirkt es doch ungeheuer wichtig, wenn schon wieder andere Kommissare kommen. Wir könnten sagen, wir sind vom LKA.«

»Na, na, na, nur weil deine Kumpels nicht mehr hinter Gittern sitzen und ich mit dir bald einen Kaffee trinken geh, solltest du mal nicht gleich übermütig werden. Hochmut bekommt selten gut.«

»Ich dachte, der kommt vor dem Fall?«

»Der Fall, mein Lieber, kommt immer zuallererst. Zumindest in unserem Job.« Ann-Sophie zwinkerte mir zu und schnappte sich ihre Lederjacke. »Also, können wir?«

✳✳✳

Bei MALAD angekommen wurden wir nach kurzem Warten in die Entwicklungsabteilung geführt. Dort eilte uns eine Frau um die fünfzig in einem sandfarbenen Hosenanzug und mit akkurat geschnittenen, schulterlangen braunen Haaren mit zur Begrüßung ausgestreckter Hand entgegen.

»Dr. Binninger, hallo«, stellte sich uns die groß gewachsene Frau mit überraschend festem Händedruck vor. »Wo haben Sie den Herrn Mayer gelassen?«

»Ich fürchte, Sie müssen heute mit uns vorliebnehmen.«

»Kein Problem«, antwortete Frau Dr. Binninger ob meiner ausweichenden Antwort mit einem leicht irritierten Lächeln. »Ich habe bedauerlicherweise nur nicht viel Zeit für Sie. Aber ich habe ja das meiste auch schon Ihrem Kollegen gesagt. Folgen Sie mir bitte in mein Büro.«

Dr. Binninger eilte mit zackigem Schritt voran. Wir durchquerten einen großen, hell beleuchteten Raum mit graublauem Linoleumboden, in dem einige Apparaturen und Maschinen standen, deren Funktion sich mir auf den ersten Blick nicht erschloss. Trotzdem war ich etwas enttäuscht. Im Wesentlichen war der Raum geprägt von großen weißen Tischen, Laptops und Stellwänden. Ich hatte mir das Ganze etwas exotischer vorgestellt, mit irgendwelchen großen Laserapparaten oder so.

Als wir bei ihrem Büro ankamen, wartete Frau Dr. Binninger schon ungeduldig die Tür aufhaltend auf uns.

»Entschuldigen Sie, aber könnten wir uns vielleicht zuerst im Büro von Herrn Wöhrle umsehen?«, fragte ich, einer Eingebung folgend.

»Das wollen Sie auch noch mal sehen? Ich verstehe nicht, was das mit dem Mord an ihm zu tun haben könnte? Den Rechner haben Ihre Kollegen ja ohnehin schon beschlagnahmt ... Aber von mir aus. Da muss ich aber nicht mitkommen, ich habe noch anderweitig zu tun«, ratterte sie herunter und rief dann laut eine »Jeanette« zu uns, die sie beauftragte, uns zu Wöhrles Büro zu führen.

»Herr Wisser, bezüglich des Büros von Herrn Wöhrle: Ihr Kollege sagte, wir sollen da drin nichts verändern et cetera. Nun, in der Privatwirtschaft kann man es sich nicht ewig leisten, etwas ungenutzt zu lassen. Können Sie schon abschätzen, wann wir das Büro wieder für seinen eigentlichen Zweck nutzen können?«

Ich versprach, mit meinen Kollegen zu reden. Sollten sich bei der Durchsuchung des PCs keine weiteren Spuren in Richtung MALAD ergeben, wovon wir natürlich ausgingen, dürfte dem nichts mehr im Wege stehen.

Boris Wöhrles Büro war geräumig, mit vollverglaster Außenwand, aber sonst schlicht und funktional eingerichtet. Im Wesentlichen das gleiche Mobiliar, wie ich es auf dem Weg hierhin schon mehrfach erblickt hatte. An einer riesigen Magnetpinnwand hingen mehrere Zeitungsartikel, die mir sofort ins Auge sprangen.

»**Badischer Batman revolutioniert Automobilbranche**«, prangte fett auf einer Zeitung mit nur vier Buchstaben im Namen und ähnlich wenig Text auf der ersten Seite.

»Ich glaub's nicht!«, entfuhr es mir. »Daher kommt der ganze Fledermaus-Spleen.«

Der Artikel gab inhaltlich nicht sonderlich viel her. Nur, dass Wöhrle wohl mit Hilfe von »Fledermaus-Technologie«, also Sonar, die Automobilbranche revolutionieren wollte – genauer gesagt, die dort verwendeten Sensoren – und dass das ein wichtiger Schritt im Wettrennen um selbstfahrende Autos für die deutschen Hersteller im Vergleich zur amerikanischen und asiatischen Konkurrenz sei.

Die Alliteration mit dem badischen Batman kam wohl ganz gut an und wurde in mehreren anderen Zeitungen und Fachzeitschriften aufgegriffen, die alle entweder an der Wand hingen oder auf einem Stapel auf der Kommode darunter lagen. Dass Wöhrle im Anzug ziemlich fotogen aussah, kam der Presse sicher ebenfalls entgegen. Klar, andere hängten auch ihre Auszeichnungen auf, aber in der Summe wirkte das ziemlich selbstverliebt. Offensichtlich trug Wöhrle diesen komischen Titel mit Stolz, sonst hätte er sich nicht so auf seinem Klingelschild inszeniert. Kam daher vielleicht auch der Wunsch nach dem mattschwarzen Lambo, den er sich doch kaum leisten konnte? Ich machte mir auf meinem mentalen Notizblock eine kleine Erinnerung. Es gab einiges, was ich von Frau Dr. Binninger erfahren wollte.

»Kannten Sie Wöhrle gut?«, fragte ich Jeanette, eine klein gewachsene Frau Ende zwanzig mit strengem Pferdeschwanz und dickrandiger Brille.

»Nee«, sagte sie, wirkte dabei aber leicht verlegen.

Hatte sie vielleicht was mit Wöhrle gehabt und wollte das nicht zugeben? Hatte sie heimlich für ihren Vorgesetzten geschwärmt? Das erschien mir wahrscheinlicher, wenn ich sie so anschaute. Sie kam eher unsexy rüber. Vermutlich interpretierte ich aber einfach nur viel zu viel in ihre Nervosität – man redet ja auch nicht jeden Tag mit der Kripo.

»Viel weiß ich nicht über ihn.«

»Diese Presseartikel da«, ich zeigte auf die Schlagzeile mit dem badischen Batman, »sind ihm ziemlich zu Kopf gestiegen, oder?«

»Na ja, also, ich sag mal so: Man soll ja nicht schlecht über die Toten reden, aber mangelndes Selbstbewusstsein oder übertriebene Bescheidenheit waren jetzt eher nicht sein Problem. Er fand sich, glaube ich, ziemlich toll«, meinte Jeanette mit ihrer unangenehm hohen Stimme. »Er wollte sogar durchsetzen, dass unsere neue Produktgruppe unter ›Bat Technologies‹ firmiert, aber da hat ihm unsere Marketingabteilung einen Strich durch die Rechnung gemacht. Sie wissen schon, wegen *bad/bat* und falscher Assoziationen und so.«

»War Wöhrle beliebt bei den Kollegen?«

»Joa, also, was heißt ›beliebt‹. Er war schon … sehr durchsetzungsstark. Und wenn man nicht geliefert hat, was er sich so vorstellte, konnte es etwas ungemütlich werden. Mit Ausreden, auch berechtigten, brauchte man da nicht groß kommen. Aber sonst war er schon in Ordnung. Ziemlich sogar. Ich mein, als Entwicklungsleiter muss man ja sagen, wo's langgeht.«

»Gab's denn auch Leute, die woanders langwollten?«

»Klar, am Anfang schon. Aber wie gesagt, er hat sich durchgesetzt, und die Zahlen sprechen, glaube ich, für sich. Wir hatten letztes Jahr ein Umsatzplus von knapp zwanzig Prozent, und dieses Jahr erwarten wir noch mehr. Einer, der mit ihm nicht klarkam, ging in Frührente, und ein anderer hat die Abteilung gewechselt. Aber mit dem Gedanken der Frührente hat Herr Wegner schon länger gespielt, und das andere war auch kein großes Drama. Deswegen hat ihn ganz sicher niemand umgebracht.«

»Okay, also Sie sagen, es gab ein paar Unstimmigkeiten wegen der Neuausrichtung mit dem neuen Chef, aber nichts wirklich Dramatisches?«

»Genau.«

»Das heißt, seine Position als Leithammel hier hat ihm niemand streitig gemacht?«

»Na ja … also es ist ja ein offenes Geheimnis …«, druckste Jeanette, »als der alte Dr. Ehrenfeldt, also der vormalige Entwicklungschef, als der ging, da war eigentlich allen klar, wer die neue Leiterin der Entwicklungsabteilung wird.« Bei diesen Worten schaute sie sich um, ob irgendjemand außer Ann-Sophie und mir in Hörweite war.

»Frau Dr. Binninger?«, schlussfolgerte Ann-Sophie und schloss behutsam die Bürotür.

»Genau. Aber das haben Sie jetzt nicht von mir.«

»Natürlich.«

»Ja, also die hätt's auch echt verdient gehabt. Arbeitet schon ewig hier, hat sich bewährt. Intelligent, zielstrebig, ein echtes Arbeitstier. Ich glaube, ihren Mann sieht die bei Tageslicht höchstens mal am Wochenende.«

»Aber? Wollte der alte Chef keine Frau als Nachfolger?«, mutmaßte Ann-Sophie.

Jeanette zog die Schultern hoch. »Keine Ahnung. Der alte Ehrenfeldt hat da, glaub ich, nichts mehr mitzureden gehabt. Auf jeden Fall nicht entscheidend. Der war eigentlich immer sehr angetan von ihr, hatte ich den Eindruck. Wie gesagt, er war der Kopf, aber sie hat wirklich verdammt viel geleistet hier.«

Ich steckte einen Stapel Zeitschriften über unseren Entwicklungshelden ein, und wir begaben uns zu Frau Dr. Binninger. Die beendete gerade ein Telefonat und winkte uns durch die Glasscheibe in ihr Büro.

Es war deutlich kleiner und dunkler als das von Wöhrle. Die Jalousien waren weit heruntergelassen. Auf dem Schreibtisch türmten sich Papiere, im Mülleimer darunter kleine braune Plastikbecher, die dem Kaffeeautomaten unweit ihrer Bürotür zugeordnet werden konnten. Gesetzt den Fall, dass die Mülleimer täglich gelehrt wurden, war Frau Dr. Binninger definitiv ein ziemlicher Koffeinjunkie.

»Also, schießen Sie los. Was wollen Sie über Wöhrle wissen?«

»Waren Sie schon mal bei Herrn Wöhrle zu Hause?«, legte Ann-Sophie ohne Umschweife los.

Dr. Binninger fasste sich ans Brustbein, verwundert,

dass wir auch etwas über sie erfahren wollten. »Nein, unsere Beziehung war rein beruflicher Natur«, erwiderte sie kühl.

»Da haben Sie was verpasst. Wir hatten gestern das Vergnügen und waren recht beeindruckt von seinen Wohnverhältnissen. Können Sie uns sagen, was Herr Wöhrle so verdient hat?«

»Also, ich weiß nicht, ob ich Ihnen das einfach so sagen kann …«, zierte Frau Dr. Binninger sich, wirkte jedoch zeitgleich erleichtert, dass die Frage nicht weiter auf sie abzielte.

»Polizeiliche Ermittlung und so«, gab ich zu bedenken, als sie nicht sofort mit weiteren Informationen herausrücken wollte.

»Nun ja, auf den Euro genau weiß ich das natürlich nicht, aber hundertfünfzigtausend Euro pro anno ist vermutlich eine ziemlich adäquate Schätzung.«

Das war zweifelsohne richtig viel Asche. Zudem kam Boris Wöhrle aus gutem Hause. Trotzdem, die Villa musste ein paar Millionen gekostet haben, und Wöhrles Bankunterlagen zeigten, dass sein Kreditrahmen ausgeschöpft war. Sich in dieser Situation noch einen Lamborghini zu ordern zeugte von einem sehr optimistischen Blick in die finanzielle Zukunft. Eine noch bessere, als dieses Gehalt vermuten ließ.

»Standen irgendwelche Boni oder eine deutliche Gehaltserhöhung an?«

»Boni sind bei uns nicht üblich. Gehaltserhöhungen anderer bekomme ich normalerweise natürlich nicht mit, aber ich denke nicht, dass hier eine außergewöhnliche Erhöhung anstand. Der Betriebsrat sieht das nicht gern, wenn einzelne Personen mehr verdienen als eine ganze Abteilung.«

»Hat Wöhrle, als Ihr Vorgesetzter, denn deutlich mehr verdient als Sie?«

Ein ganz kurzes Naserümpfen verriet mir sofort, wie sehr Frau Binninger meine absichtlich provokante Wortwahl störte. Aber ihrer Stimme und ihrem souveränen Lächeln war schon Sekunden später nichts mehr anzumerken.

»Nein, ich arbeite aber auch nicht erst seit zwei Jahren hier.«

»Sondern?«

»Schon seit dem Studium, also gut zwanzig Jahre.«

»Wow. Wären Sie da nicht auch als Entwicklungsleiterin in Frage gekommen?«

»Ach, daher weht der Wind? Sie glauben ja wohl nicht ernsthaft, dass ich Wöhrle auf dem Gewissen habe. Aber um Ihre Frage zu beantworten: Ja, ich wäre durchaus dafür in Frage gekommen, und ehrlich gesagt, habe ich mir auch gute, sogar sehr gute Chancen ausgerechnet.«

»Da war es doch sicher sehr enttäuschend für Sie, als man sich gegen Sie entschieden hat, oder? Warum, glauben Sie, hat man einen Neuling Ihrer langjährigen Erfahrung vorgezogen? Sie kennen den Laden doch bestimmt wie Ihre Westentasche?«

»Das stimmt. Dennoch kann ich die Entscheidung des Vorstands zugunsten von Wöhrle nachvollziehen. Ich hatte nicht mit Wöhrles Sonarschnickschnack gerechnet. Leider. Und Wöhrle kann sich sehr gut verkaufen. Er war nicht der einzige Mitbewerber. Aber der einzige, der eine ernsthafte Konkurrenz darstellte. Es gab noch einen anderen, den Namen habe ich aber schon wieder vergessen. Der hatte überhaupt keine Führungspersönlichkeit. Und intern war die Sache klar, da trat keiner gegen mich an. Doch Wöhrle hatte eine revolutionäre Idee im Gepäck, die perfekt zu uns passte – das hat den Vorstand wohl überzeugt, das Risiko mit dem jungen Kerl einzugehen. Innovation ist in unserer Branche heute alles – da muss die Erfahrung leider manchmal zurückstecken.«

»Können Sie das bitte genauer ausführen?«

»Wöhrle hatte eine brillante Masterthesis zu alternativen Anwendungen von Sonar geschrieben. Wie Sie vielleicht wissen, sind wir Weltmarktführer bei optischen Sensoren, also Sensoren, die mit Lichtschranken oder Lasern arbeiten. Wir liefern Sensoren für automatisierte Fertigungsanlagen, Sicherheitstechnik, hochgradig automatisierte Systeme und mittlerweile auch für Pkws, jetzt mal sehr kurzgefasst.

Die Einstellung von Wöhrle als Entwicklungsleiter bot MALAD die Chance, in einen ganz neuen, noch praktisch unerschlossenen Markt einzusteigen. So was ist immer Gold wert. Ein neuer Markt, anfangs praktisch ohne Konkurrenz – das ist der Unterschied zwischen jedem beliebigen kleinen Chemieunternehmen des 19. Jahrhunderts, das es heute nicht mehr gibt, und Bayer, die mit Heroin und vor allem später mit Aspirin den Markt für Schmerzmittel ganz neu erschaffen haben.«

»Moment. Heroin ist von Bayer?« Ich hatte nie darüber nachgedacht, aber insgeheim vermutet, Heroin sei vor Jahrhunderten von irgendeinem Stamm am Hindukusch oder irgendwo im Dschungel zufällig entdeckt worden. So wie Bier. Zum Glück musste ich diese Wissenslücke nicht in Anwesenheit von Joachim preisgeben. Sogar Ann-Sophie wirkte erstaunt.

»Ja, es wurde 1931, nach über dreiunddreißig Jahren, wieder vom Markt genommen, weil es abhängig machte und wohl doch ein paar kleinere Nebenwirkungen zeigte.«

»Krass, das wusste ich nicht«, sagte Ann-Sophie.

»Aber Sonar ist doch nichts Neues, oder? Gibt's das nicht schon lange auf Fischerbooten und so?«

»Genau. Bisher hat man Sonar eigentlich nur da eingesetzt, wo optische Sensoren nicht hinkamen, zum Beispiel eben um Fischschwärme tief unten im Meer zu orten oder feindliche U-Boote oder so was«, referierte Dr. Binninger. »Denn wenn's schnell gehen muss, und in automatisierten Produktionsanlagen oder bei selbstfahrenden Autos kommt es auf Sekundenbruchteile an, sind akustische Sensoren schwer im Nachteil. Licht ist fast neunhunderttausendmal schneller als Schall. Daher kam bisher niemand auf die verrückte Idee, Sonarsensorik für unser Marktumfeld zu entwickeln. Echoortung spielt in unserem hoch technisierten Alltag, wenn Sie nicht gerade auf einem Fischkutter arbeiten, überhaupt keine Rolle.«

»Und inwiefern konnte Wöhrle das ändern?«

»Er hat etwas gemacht, mit dem man schon oft erfolgreich war. Er hat sich etwas von der Natur abgeschaut. Das Problem ist, dass nicht allzu viele Physiker großes Interesse an Zoologie haben und umgekehrt. Aber er hat sich angeschaut, wie die Echoortung bei Fledermäusen funktioniert.«

»Moment, Echoortung und Sonar, das ist das Gleiche, oder?«

»Im Prinzip schon. Sonar ist ein englisches Akronym und steht für *sound navigation and ranging*. Ist also ein technischer Begriff. Aber ja, es ist prinzipiell das Gleiche«, fuhr Dr. Binninger fort. »Fledermäuse sind unglaublich gute Jäger. Sie müssen täglich ungefähr ein Drittel ihres eigenen Körpergewichts fressen, um nicht zu verhungern. Ein Drittel des Körpergewichts! Das wären bei Ihnen fast dreißig Kilo, Herr Kommissar!«

»Nun ja, also … das ist jetzt doch etwas arg aufgerundet«, sagte ich empört. Frechheit!

»Seien Sie nicht eingeschnappt, sondern froh, dass Sie nicht so viel in sich reinstopfen müssen. Das ist Schwerstarbeit, vor allem, wenn man die Nahrung selbst jagen muss.« Dr. Binningers Mundwinkel zuckten zu einem kurzen Lächeln nach oben. »Aber Sie sehen, worauf ich hinauswill?«, fuhr sie begeistert fort. »Jeden Tag ein Drittel des Körpergewichts, und das in Form von Insekten. Was Jagen angeht, kommt nichts an Fledermäuse ran. Und das liegt eben unter anderem daran, dass Echoortung nicht einfach eine Notlösung ist, weil es nachts kaum Licht gibt. Auf kurze Distanzen ist Echoortung herausragend effektiv.«

»Und was haben Fledermäuse jetzt mit Ihren Produkten zu tun?«, versuchte ich, wieder zum eigentlichen Thema zurückzulenken.

»Wie schon gesagt, ist MALAD einer der Vorreiter beim autonomen Fahren. Nahezu alle westlichen Hersteller verbauen unsere optischen Sensoren. Trotzdem gibt es starke Mitbewerber, vor allem in Asien. Echoortung ist im Bereich der selbstfahrenden Pkws aber etwas ganz Neues.«

»Ich dachte, Schall ist dafür viel zu langsam?«, erwiderte Ann-Sophie.

»Das ist ein großer Nachteil, und die Echoortung wird keinesfalls unsere optischen Sensoren verdrängen, aber sie kann sie sehr sinnvoll ergänzen. Fledermäuse erzeugen eine breite Schallwelle im für uns unhörbaren Ultraschallbereich vor sich. Diese Welle wird von Gegenständen oder Insekten zurückgeworfen und von den Ohren der Fledermaus aufgenommen. So können sie sich orientieren oder Beute ausmachen. Das heißt, eine Fledermaus muss sich nicht genau auf einen Punkt fokussieren, wo eine kleine Fliege sein könnte. Durch ihr Echolot werden ihr praktisch alle kleinen Fliegen im Umfeld auf *einen Blick* angezeigt. Die Kameras von selbstfahrenden Autos sind uns Menschen insoweit überlegen, als sie viel mehr optische Eindrücke in kürzerer Zeit verarbeiten können. Doch mit unseren Ultraschallsensoren hat man quasi einen akustischen Rundumblick. Also zum Beispiel, wenn sich etwas schnell von der Seite nähert, das bekommt keine Kamera mit, aber unser Sonar schon. Unsere Sensoren lösen dann im Ernstfall rechtzeitig Maßnahmen aus, die das Auto auf den Aufprall vorbereiten, Rückhaltesysteme aktivieren und die Insassen so proaktiv schützen.«

»Wow, und das geht jetzt dank Ihres neuen Sonars?«

»Alles, was ich bisher erklärt habe, ist im Prinzip nichts Neues. In jedem hochpreisigen Mittelklassewagen, den Sie neu kaufen, finden Sie heutzutage ähnliche Sensoren, die mit Radartechnik arbeiten. Bisher habe ich Ihnen lediglich klassische Echoortung erläutert. Das kann unser System, das kann die Konkurrenz, aber jetzt kommen wir zu Wöhrles Forschungsfeld – unserem Game-Changer: der Phasenverschiebung.«

»Klingt irre spannend.« Dr. Binninger entging mein sarkastischer Unterton nicht. Mir schwirrte jetzt schon der Kopf.

»Ich versuche, es für Sie kurz und einfach zu halten«, antwortete sie höflich. »Wie Sie sicher wissen, sind Kameras selbstfahrender Autos und deren Algorithmen alles andere als unfehlbar. Immer wieder kommt es zu einzelnen, aber extrem imageschädigenden Unfällen bei selbstfahrenden Testautos, weil sie etwas nicht erkennen. Erinnern Sie sich an den Fall in den USA, wo ein Testfahrzeug von Uber eine Passantin am Zebrastreifen ungebremst überfahren hat?«

Meine Kollegin war voll in ihrem Element. »Ja, hat die nicht ihr Fahrrad geschoben?«

»Genau, und das wurde ihr zum Verhängnis. Fußgänger erkannte das System zuverlässig, Fahrradfahrer auch, aber dieses Fahrrad, das die Passantin vor ihrem Körper über die Straße schob, hat der Algorithmus irgendwie nicht einordnen können. Das war tragisch. Natürlich lernen die Systeme immer weiter dazu. Trotzdem gibt es und wird es immer Fälle geben, wo diese Systeme versagen. Wenn jemand nachts ganz schwarz angezogen ist, irgendeinen Umzugskarton vor dem Körper trägt oder Ähnliches.«

»Und Ihr Sonar kann Menschen zweifelsfrei identifizieren?«

»Allerdings. Bitte gestatten Sie mir einen weiteren Mini-Exkurs zu den Fledermäusen.«

Na, wenn's unbedingt sein musste.

»Wie bereits gesagt, müssen Fledermäuse im Verhältnis zu ihrem Körpergewicht extrem viel Nahrung zu sich nehmen. Sie können es sich nicht leisten, längere Zeit erfolglos auf die Jagd zu gehen. Insekten jedoch fliegen nicht ununterbrochen durch die Gegend, sondern sitzen auch ziemlich viel einfach irgendwo rum, wie zum Beispiel eine Motte auf einem Baumstamm. Und wissen Sie, wann praktisch gar keine Insekten fliegen?«

»Wenn sie alle müde sind, morgens um fünf?«, mutmaßte ich.

»Wenn es regnet! Das bereitet Ihnen als Fledermaus natürlich Probleme, wenn Sie ausgehungert aus dem Winterschlaf aufwachen und es erst mal zwei Wochen durchregnet. Denn Echoortung funktioniert ja nur in der Luft gut. Da sieht die Fledermaus sofort, von wo der Schall zurückgeworfen wird, dort flattert eben eine Motte. Sitzt die Motte aber auf einem Stamm, wird der Schall ja vom ganzen Stamm zurückgeworfen. Je nach Baum kann die Rinde uneben sein. Wie sollte eine Fledermaus darauf jemals eine Motte orten können? Fledermausforscher haben festgestellt, dass Fledermäuse zwar viel lieber Tiere in der Luft erbeuten, weil das für sie leichter ist. Aber wenn es in der Luft keine gibt, finden und fressen sie auch Insekten, die auf Oberflächen sitzen.«

»Sie haben doch gerade gesagt, das geht nicht.«

»Offensichtlich geht es doch, und die Forscher haben sich gefragt, wie. Und hier kommt endlich die Phasenverschiebung ins Spiel. Ganz vereinfacht gesagt, stößt die Fledermaus mit ihrem Schrei eine Schallwelle im Ultraschallbereich aus, diese trifft auf eine Oberfläche und wird reflektiert. Je nach Oberfläche wird die zurückgeworfene Schallwelle dabei leicht verändert. Dies hängt im Wesentlichen von der Dichte des Körpers ab, auf den sie trifft. Und offensichtlich hat es die Evolution im Lauf der Jahrtausende geschafft, dass Fledermäuse in der Lage sind, die typische Phasenverschiebung, also die Dichte von Insektenkörpern, zu identifizieren. Boris Wöhrle ist es nun gelungen, das technisch umzusetzen. Menschen bestehen zu ungefähr zwei Dritteln aus Wasser. Dieser Wert trifft grob auf alle Säugetiere zu. Wenn nun etwas am Straßenrand steht, kann unser System also mit großer Wahrscheinlichkeit sagen, ob das ein Mensch beziehungsweise ein Tier ist oder etwas anderes.«

Frau Binninger machte eine dramatische Pause. Ich weiß nicht, ob die Leute, denen sie das normalerweise erzählte, hier in Applaus ausbrachen oder begeisterte

Nachfragen stellten, jedenfalls wirkte sie verwundert, wie wir ob dieses herausragenden technischen Durchbruchs mit ausdrucksloser Miene auf unseren Stühlen verharren konnten, und legte nach.

»Das klingt heute noch nach einer Kleinigkeit, aber für die Zukunft ist es der entscheidende Unterschied, der selbstfahrende Fahrzeuge wirklich extrem sicher machen kann. Natürlich braucht es nach wie vor die ganzen optischen Sensoren. Aber das ist ja gerade das Tolle, dass sich diese beiden Systeme ergänzen. Können Sie sich auch nur annähernd vorstellen, was das für ein Zukunftsmarkt ist? Hier geht es um Milliarden. Und unsere Phasenverschiebungserkennung kann noch mehr. Wenn ein autonom gesteuertes Fahrzeug einem unvermeidlichen Unfall ausweichen muss, ist immer noch die Frage, wohin es ausweicht. Ein rein optischer Sensor kann nicht entscheiden, ob rechts neben dem Fahrzeug eine Hecke ist oder eine Steinmauer. Es sieht nur, dass da etwas ist. Unser System hingegen kann sehen, wie hart die möglichen Kollisionspartner sind. Ein Wagen mit unserer Technik kann erkennen, dass es viel ungefährlicher ist, in die Hecke zu krachen als auf die Mauer.«

»Wow, also mich haben Sie schon mal überzeugt. Gibt es denn schon Autos mit Ihrem Sonardings?«, fragte Ann-Sophie höflich interessiert.

»Noch lange nichts Marktreifes, aber die Automobilbranche rennt uns die Bude ein!« Die Augen von Dr. Binninger leuchteten, als sie sich die wunderbar sichere Zukunft des Individualverkehrs voll von ihren überlegenen MALAD-Sensoren ausmalte.

»Und das haben Sie alles Wöhrle zu verdanken?«

Dr. Binninger wendete zerknirscht den Kopf ab und musterte gedankenverloren einen grauen Kunstdruck an der Wand. »In gewisser Weise schon. Er brachte da jede Menge Know-how und die Grundidee mit«, gab sie schließlich zu.

»Sein Tod ist für MALAD dann auch eine wirtschaftliche Katastrophe, oder?«

»Das würde ich so nicht sagen. Auch wenn mich das jetzt vielleicht selbst belastet, aber wir lernen hier schnell. Ich habe mit Wöhrle fast zwei Jahre eng zusammengearbeitet. Ich glaube, ich kenne mich in der Thematik mittlerweile fast ebenso gut aus wie er. Zumindest, was die für uns relevanten Anwendungen betrifft. Außerdem haben wir inzwischen alles Wichtige digitalisiert. Heutzutage muss jeder halbwegs ersetzbar sein.«

»Sie gehen also davon aus, dass es diesmal mit der Nachfolge klappt?«

»Ist eigentlich nur noch Formsache. Aber glauben Sie mir, ich bin kein Machtmensch, der irgendwelche Titel oder noch mehr Geld braucht. Ich glaube, der Vorstand wusste auch schon vor Wöhrles Tod, was sie an mir haben. Ich kann meine Ideen hier seit Jahren einbringen und oft genug auch durchsetzen, und die Gehaltserhöhung ist toll, aber nichts, was ich wirklich brauche. Ich war anfangs sehr enttäuscht, das gebe ich zu. Aber ich bin niemand, der dann hinwirft, wenn es mal nicht so läuft, wie man sich das ausmalt. In der Entwicklung von Produkten scheitern sie ständig. Es tun sich dauernd neue Probleme und Widerstände auf, egal ob technischer Natur oder auf Entscheidungsebene. Wegen so was bringe ich doch niemanden um.«

»Gestatten Sie mir trotzdem die obligatorische letzte Frage – Sie wissen, dass wir sie stellen müssen: Wo waren Sie in der Nacht vom 7. auf den 8. Juli, so zwischen Mitternacht und fünf Uhr morgens?«

»Es wird Sie hoffentlich wenig verwundern, dass ich zu dieser Zeit im Bett war. Mein Mann kann das sicher bezeugen, wobei er vermutlich geschlafen hat.«

»Leben Sie eigentlich auch in so einer schicken Villa wie Wöhrle?«

»Wie bereits gesagt, ich kenne Wöhrles Wohnverhältnisse nicht.«

Schade. Sollte sie gelogen haben, ließ sie sich zumindest nicht mit spontanen Querfragen aufs Glatteis führen. Eigentlich glaubte ich ihr. Allerdings wiederholte sie für meinen Geschmack etwas zu oft, dass sie »wegen der Stellenvergabe« niemanden umbringen würde. Hatte es vielleicht noch andere Gründe gegeben?

Nach diesem Info-Overload musste ich erst mal meine Gedanken sortieren.

✳✳✳

Die Dunkelheit ist dein Freund. Sie umfängt dich, schützt dich vor ihnen.

Du kannst dich nicht erinnern, wie du hierhergekommen bist. Was hast du getan? Warum bist du hier?

Du kannst dich nicht erinnern.

Er war wieder böse zu dir. Oder warst du böse zu ihm?

Du kauerst dich in die Ecke, du frierst. Dein Körper schmerzt. Deine Seele schmerzt. Das Rascheln und Flattern über dir wird immer lauter, immer bedrohlicher. Selbst wenn du in deinem warmen, sicheren Bett liegst, hörst du nun die Geräusche, erahnst ihre dunklen Augen. Sie verfolgen dich in deine Träume, holen die Dunkelheit des Kellers in dein Herz.

Da streift dich ein lediger Flügel.

Du schreist.
Sie wollen dich holen.

***

Als ich wieder in meinem Büro saß, erinnerte ich mich an mein Versprechen Frau Dr. Binninger gegenüber, mich zu erkundigen, ob Wöhrles Geschäftsrechner zurückgegeben werden könne. Außerdem wunderte ich mich, von unserem ITler Alex bisher noch gar nichts über den Inhalt von Chats, Mails, Cloud, Smartphone, Festplatte und Co. erhalten zu haben.

»Salli, Wende«, begrüßte mich Alex, nachdem ich die Nummer der forensischen IT gewählt hatte. »Der Bericht war schon letzten Freitag fertig. War mir unsicher, an wen ich den jetzt alles schicken soll, weil der Joachim ermittelt hat, und ihr wart ja auf Fortbildung. Aber der Joachim meinte, das würde schon passen, er leitet ihn an dich weiter.«

»Der alte Dreckssack!« So viel zum Thema Zusammenarbeit.

Währenddessen bemerkte ich, dass Ann-Sophie im Türrahmen lehnte und interessiert die Augenbrauen hob. In ihren vor der Brust verschränkten Armen hielt sie ein braunes DIN-A4-Kuvert.

»Irgendwie scheinen die Kommunikationswege zwischen Joachim und mir gerade etwas gestört zu sein. Die Mail muss wohl auf dem weiten Weg von seinem in mein Büro durch irgendein Datenleck gerutscht sein. Jedenfalls wär's total nett, wenn du mir den Bericht auch noch schicken könntest, Alex.«

»Logo. Geht in zwei Minuten raus. Willst schon mal einen kleinen Überblick?«

»Gerne.« Ich stellte das Telefonat auf laut, damit meine Kollegin alles mitbekam.

»Aber Vorsicht, Spoiler-Alarm«, scherzte Alex. »Also, das Wichtigste in Kürze: Herr Wöhrle hatte wohl vor, MALAD zu verlassen.«

»Wie bitte?«, entfuhr es Ann-Sophie und mir wie aus einem Mund.

»Ja, wir haben hier einen regen Mailkontakt zu einer Böblinger Headhunterin. Oh, äh, also, der Begriff ist jetzt in dem Zusammenhang etwas unglücklich gewählt, weil doch der Herr Wöhrle durch Kopfschuss –«

»Alex, ich bin nicht von gestern. Mir ist schon klar, dass es hier ums Abwerben und nicht ums Ableben geht.«

»Gut. Also, Wöhrle sollte in wenigen Monaten zu Continental wechseln.«

»Aber er arbeitete doch gerade mal seit zwei Jahren für MALAD, war Chef der Entwicklungsabteilung, konnte seine Projekte offenbar erfolgreich umsetzen. Warum wollte er weg?«

»Nun, dazu schreibt er zwar nichts. Aber ich will es mal so ausdrücken: Ich mag euch gern, Leute. Aber wenn mir jemand dieses Gehalt anbieten würde, wäre ich morgen weg. Auf Nimmerwiedersehen.«

»Hmm … Ich denke, Wöhrle war grundsätzlich schon scharf auf Geld. Er hat sich ziemlich gern inszeniert. Hat sogar 'nen Lamborghini gekauft. Jetzt ist auch klar, wieso er sich den Lambo trotz eher bescheidener Eigenkapitalquote so einfach gegönnt hat. Offensichtlich wollte er den Job annehmen.«

»So klingt das jedenfalls in seinen Mails. War wohl nur noch Formsache. Bei Conti mussten noch einige Stellen zustimmen.«

»Gibt es Hinweise, dass MALAD von dem Wechsel wusste?«

»Auf jeden Fall nicht auf der Festplatte oder in den Mails. Vielleicht hat er aber in einem vertraulichen Gespräch jemandem bei MALAD was gesteckt.«

»Möglich.«

Nachdem Alex ansonsten keine wirklich wichtigen Neuigkeiten mehr zu verkünden hatte, beendeten wir das Telefonat.

»Ist das ein Mordmotiv? Ich mein, so wie es bei der Binninger klang, ist die Technologie für MALAD der Jackpot. Und wenn Wöhrle nicht gestorben wäre, würde dieser einfach weiter zu Conti wandern.«

»Das wäre sicher ein herber Schlag für MALAD gewesen. Aber nach Dr. Binninger wäre MALAD zumindest weiter im Rennen gewesen. Und wer ist so eiskalt und bringt wegen beruflichem Zeug jemanden um?«

»Ich den Joachim, wenn er mir noch mal Ermittlungsergebnisse vorenthält!«

»Nun ja, vielleicht hast du recht. Immerhin geht es bei Wöhrle um Millionen.«

»Aber wer wäre denn so fanatisch? Die Binninger?«, überlegte ich laut.

»Nee, die profitiert doch im Prinzip sogar von seinem Weggang.«

»Ich kann's mir auch nicht vorstellen. Andererseits wäre das endlich mal ein Motiv.«

»Aber kein besonders starkes. MALAD läuft seit Jahren gut – auch ohne Wöhrle. Die stehen ja nicht vor dem Aus. Kann es sein, dass du dich einfach an jeden Strohhalm klammern möchtest, der weg von deinen Kumpels führt?«

»Tja ... Das ist wohl nicht ganz von der Hand zu weisen«, stöhnte ich frustriert. »Aber jetzt geh ich erst mal

rüber zu Mayer und lass meine schlechte Laune an dem
aus.«

»Da komm ich doch gleich mit. Wollte ohnehin mit
euch beiden sprechen.«

∗

»Das verstehst du also unter Zusammenarbeit«, platzte
ich in Joachim Mayers Büro.

Mayer blickte von seinem Bildschirm auf. »Hallo erst
mal. Dürfte ich erfahren, worum es bitte schön geht?«
Mayer lehnte sich zurück in seinen rückengerechten
Drehstuhl und verschränkte die Arme in Abwehrhaltung
vor der Brust. Er wusste doch ganz genau, worum es ging.

»Ich habe gerade mit Alex telefoniert.«

»Und?«

»Der sagte mir, dass du ihm gesagt hättest, er bräuchte
den Bericht nicht an mich weiterleiten. Du würdest das
selbst übernehmen.«

»Oh, hab ich wohl vergessen. Deswegen machst so 'nen
Aufstand? Als ob du noch nie was vergessen hättest.«

»Es kommt drauf an, ob man es mit Absicht vergisst.
Das könnte man eigentlich Behinderung polizeilicher Ermittlungen nennen. Das ist ein Straftatbestand, und du
bist –«

»Danke, Wendelin, es reicht jetzt. Ich weiß selber, wer
oder was ich bin. Und solche Unterstellungen habe ich
nicht nötig. Ich habe den Bericht auch erst seit Freitag.
Heut ist Montag … Also jetzt komm mal runter.«

Als ich gerade mein nächstes Argument anführen
wollte, warum Joachim ein Kollegenschwein war – und
da wäre mir noch so einiges eingefallen –, trat Ann-Sophie energisch zwischen uns und pfefferte Mayer mit ver-

ächtlichem Blick das DIN-A4-Kuvert auf den Schreibtisch.

Darauf klebte ein rosarotes Post-it mit den Worten: »Ruf mich an.«

Wir beide hielten inne und betrachteten irritiert das Kuvert.

»Was ist das?«, sprach Joachim unser beider Gedanken aus.

»Das, ihr zwei Gockel, ist der Obduktionsbericht von Dr. Novak. Ich hab gerade vorhin mit ihm telefoniert. Und ich dachte, ich sag euch *beiden*«, Ann-Sophie zog das letzte Wort ausdrücklich in die Länge, »Bescheid, dass der Bericht da ist.«

»Und? Was steht drin?«

»Na ja. Die Todesursache ist, wenig überraschend, die Kugel, die zwischen den Augen eingetreten ist und im Hinterkopf des Schädels steckte. Für weitere Details sollen wir entweder seinen Bericht lesen oder einfach vorbeikommen, der Doktor würde sich sehr über Besuch freuen.«

Na, das konnte ich mir denken!

»Wie sieht's aus? Kommt ihr mit?«

»Danke, ich kann lesen. Den Weg spar ich mir«, sagte Mayer.

»Ich komm natürlich mit«, erwiderte ich sofort. Nicht dass dieser Leichensezierer noch auf dumme Gedanken kam.

Ann-Sophie und ich waren schon auf dem Weg zur Tür, da drehte ich mich noch mal um.

»Noch eine Frage. Und überleg dir gut, was du jetzt sagst, weil ich sonst nämlich wirklich sauer werde«, sagte ich drohend an Mayer gewandt. »Gibt es noch irgendwas, was du uns vorenthalten hast? Egal was: Kontenbewegungen, Anrufe, Zeugenaussagen, irgendwas?«

Mayer rutschte nervös auf seinem Stuhl hin und her. Ganz offensichtlich war da noch etwas, aber wenn er es jetzt sagte, war das praktisch sein Eingeständnis, dass er uns Sachen absichtlich vorenthielt. Andererseits war es noch viel schlimmer, wenn wir das später herausfinden und womöglich damit zum Chef gehen würden. Dabei ging es dem Dipfelischisser doch gerade darum, beim Schondelmaier Eindruck zu schinden. Offensichtlich wägte er beide Varianten ab, während Ann-Sophie und ich wartend vor ihm standen.

»Na … ich glaube, da fällt mir noch was ein«, versuchte er sich aus der Bredouille zu ziehen. Er tat so, als würde er angestrengt nachdenken.

Ann-Sophie funkelte ihn schweigend mit ihrem bösesten Blick an. Ich liebte diesen Blick, wenn er mal ausnahmsweise nicht mich traf.

»Ist aller Wahrscheinlichkeit nach vollkommen unwichtig – ist auch schon fast zwei Monate her. Also eigentlich egal, aber damit ihr nachher nicht wieder behauptet, ich hätte euch irgendwas vorenthalten.«

»Jetzt spuck's halt endlich aus«, blaffte ich.

»Also, vor sechs bis acht Wochen, so genau konnte das der Nachbar, Burger hieß der, glaub ich, wohnt zwei Häuser neben Wöhrles Villa, nicht sagen. Vor sechs bis acht Wochen ist dem aufgefallen, dass da immer so 'ne Drohne über den Villen gekreist ist. Er hatte wohl den Eindruck, dass die ziemlich speziell über und um Wöhrles Villa geschwebt ist.«

»Das könnte heißen, dass Wöhrle doch beobachtet wurde.«

»Pillepalle. Warum sollte denn den jemand beobachten? Außerdem ist das, wie gesagt, schon länger her. Ich mein, wenn ich in Kollnau so 'ne Drohne steigen lass, was schau ich mir da Interessantes an? Warum nicht die beeindruckendste Villa im Ort, noch dazu mit 'ner riesigen Glasfront, wo man schön reinspicken kann?«

»Wir sollten uns auf jeden Fall die Bänder von Wöhrles Überwachungskamera noch mal anschauen.«

»Tu dir keinen Zwang an. Wenn du Bock hast, tagelang irgendwelche schlechten Aufnahmen durchzuscrollen ...«

Da hatte Mayer leider recht. Für was hatte man eigentlich einen Auszubildenden?, kam mir in den Sinn.

Armer Mike ...

*∗∗

In Dr. Novaks Reich war es gerade zu dieser Jahreszeit angenehm kühl. Nichtsdestotrotz glühten die Wangen des Rechtsmediziners, was nur an Ann-Sophies Gegenwart liegen konnte.

»Welch willkommene Abwechslung«, begrüßte er uns und bedachte insbesondere Ann-Sophie mit einem freudigen Blick aus seinen braunen Hundeaugen. Diese erwiderte sein Lächeln mit einem breiten Strahlen.

»Wie läuft es denn so?«, fragte sie. »Viel zu tun?«

»Ich sag's euch, hier ist die Hölle los. Die Patienten stapeln sich schon. Muss die Hitze sein ... Also zumindest sagt der Wetterbericht, dass es derzeit sehr heiß sein soll. Ich selbst habe schon länger kein Tageslicht mehr gesehen«, seufzte Novak. Und sein blasser Teint zeigte, dass er wohl nur ein wenig übertrieben hatte.

»Ach, du Ärmster!«

Seit wann waren die denn beim *Du*?

»Konnten Sie irgendwelche Auffälligkeiten an unserer Leiche entdecken, Dr. Novak?«, riss ich die Aufmerksamkeit an mich. Wir waren ja nicht zum Small Talk hier.

»Sie meinen, abgesehen von dem Loch in seinem Kopf?«, versuchte sich der alte Witzbold und zwinkerte Ann-Sophie verschmitzt zu. »Spaß beiseite, eindeutige Sache, würde ich meinen. Da musste ich mich nicht groß verausgaben. Kopfschuss aus nächster Nähe. Geschossen wurde von schräg oben. Beschädigt wurden das Dienzephalon und die Medulla oblongata.«

»Und bitte noch mal für Nichtmediziner?«, bat ich genervt. Musste der immer in seinem Fachchinesisch schwadronieren? Aber für was hatte man auch dreizehn Semester Medizin studiert.

»Es gab Beschädigungen des Zwischenhirns und des verlängerten Rückenmarks. Führte umgehend zu Atem- und Kreislaufstillstand.«

»Das Opfer war sofort tot?«

»Prinzipiell kann man einen Kopfschuss auch überleben, insbesondere wenn nur peripher gelegene Hirnregionen betroffen sind. Aber in diesem Fall trat der Tod sofort ein«, bestätigte Novak. »Dabei ist allerdings eine Sache äußerst interessant. Die Patrone steckte noch im Hinterhauptbein, also hier.«

Novak langte sich selbst an den Hinterkopf. »Die Schädelwand wurde angeknackst. Nach der Freilegung des Schädelknochens konnte man eine schöne spinnwebartige Fraktur am Hinterkopf sehen.«

Wie konnte man denn bei einem solchen Sachverhalt das Adjektiv »schön« verwenden?

»Boris Wöhrle steckte also eine Kugel im Kopf. Und inwiefern ist das ›äußerst interessant‹?«, äffte ich Dr. Novaks blasierten Tonfall nach.

Der Pathologe und Ann-Sophie blickten mich genervt an. Okay, ich benahm mich gerade wirklich etwas bescheuert. Ich konnte es ja durchaus verstehen, wenn man

Ann-Sophie anhimmelte, aber Dr. Novak ging mir mit seiner offensichtlichen Anbetung echt auf den Keks. Um des kollegialen Friedens willen beschloss ich aber, mich am Riemen zu reißen.

»Das ist offensichtlich sehr ungewöhnlich. Ich bin aber, ehrlich gesagt, nicht ganz allein darauf gekommen. Sascha Hermann hat mich angerufen. Mich hat noch nie jemand aus der Ballistik angerufen.«

Das erschien mir in der Tat ungewöhnlich.

»Und was wollte er?«, fragte Ann-Sophie.

»Er wollte wissen, ob die Kugel wieder ausgetreten ist. Das wäre wohl das deutlich wahrscheinlichere Szenario gewesen, da die Entfernung zum Lauf in dem Raum ja maximal zwei Meter betragen haben kann.«

»Aber sie ist nicht ausgetreten.«

»Genau. Sascha klang so, als habe er damit gerechnet. Hat wohl seine Theorie bestätigt. Wie diese aussieht, hat er mir allerdings nicht verraten.«

»Und wenn die Entfernung doch größer war? Das Fenster war ja offen. Es gab keine Einbruchsspuren«, überlegte Ann-Sophie laut.

»Wir waren doch in seinem Schlafzimmer, das zeigt zur Hangseite mit Traumblick nach Waldkirch. Da ist nur Luft, von dort kann keiner geschossen haben. Außer … kann man eine Waffe an 'ne Drohne bauen?«

»Du spinnst ja langsam echt«, lachte Ann-Sophie auf. »So ein Zeug äußerst du aber nicht vor Mayer oder dem Chef. Auf jeden Fall nicht, bis du irgendeinen konkreten Hinweis dafür hast.«

»Ich bin sehr auf den ballistischen Bericht gespannt. Apropos Bericht. Gibt es von Ihrer Seite noch weitere spannende oder ›schöne‹ Beobachtungen, lieber Herr Novak?«

»Die Ergebnisse einer Haaranalyse kamen heute Morgen noch rein. Darin sind Spuren von Kokain nachweisbar.«

»Das ist interessant! Heißt das, unser Mordopfer war auf Drogen?«, fragte Ann-Sophie.

»Nein, im Moment des Todes nicht. Das habe ich heute Morgen noch mal überprüft – die Blutwerte waren bezüglich aller Drogen negativ. Der Mann war stocknüchtern, als er erschossen wurde. Aber in den Haaren lassen sich manche Drogen wie Kokain deutlich länger nachweisen. Sie gelangen durch den Blutkreislauf in die Haare. Die Methode ist alles andere als exakt, aber innerhalb der letzten fünf Wochen hat das Opfer ein oder mehrere Male Kokain konsumiert. Die Haare wachsen circa einen Zentimeter pro Monat. Das Testhaar war fast sieben Zentimeter lang und wies in allen Abschnitten ähnliche Werte auf. Das heißt, Wöhrle konsumierte über das letzte halbe Jahr mehr oder weniger regelmäßig Kokain. Auch die entzündeten Nasenschleimhäute sind ein Indiz dafür. Auf den ersten Blick konnte man aber noch keine krankhaften Veränderungen an Leber oder Nieren feststellen. Entweder war Wöhrle noch nicht allzu lange dabei, oder er hatte seinen Konsum halbwegs im Griff.«

»Na, zum Glück haben wir ja einen Mann von der Drogenfahndung mit im Boot«, meinte ich sarkastisch.

Wir verabschiedeten uns – Ann-Sophie sogar mit einer für die Pathologie eher unpassenden Umarmung, was Novaks Ohren die Farbe von überreifen Erdbeeren annehmen und mich innerlich genervt aufstöhnen ließ, und fuhren zurück aufs Revier.

* * *

Dort angekommen spazierten Ann-Sophie und ich direkt in Joachims Büro.

»Na, Herr Mayer, Bericht schon gelesen?«, begrüßte ihn Ann-Sophie fröhlich.

Der Funke schien allerdings nicht überzuspringen. Joachim machte wie immer ein Gesicht, als hätte man ihn gerade gezwungen, eine Saublodere zu essen.

»Klaro.«

»Und was steht drin?«

»Sind wir hier bei Günther Jauch? Jetzt sagt halt schon, was euch der Novak so Brandheißes gesteckt hat.«

»Wöhrle nahm regelmäßig Kokain.«

Joachims Augen flackerten kurz, sein Interesse war wohl nun doch geweckt worden. Aber das versuchte er zu verbergen, lehnte sich betont gelangweilt in seinem ergonomischen Drehstuhl zurück und behielt sein miesepetriges Gesicht bei. »Das tun mehr, als du denkst. Gerade in so wohlbetuchten Managerkreisen voller männlicher Dauerperformer – Wöhrle ist da ja fast schon ein prototypischer Kandidat für Kokain.«

Nachdem er von sich aus nichts weiter sagte, sprach ich das Unübersehbare aus: »Du arbeitest doch im Drogendezernat – hättest du da nicht irgendwelche Spuren für uns, woher Wöhrle die Drogen haben könnte?«

»Ich wüsste nicht, was das mit dem Mordfall zu tun haben sollte. Wieso sollte Wöhrles Dealer ihn umbringen?«

»Wer weiß, vielleicht steckte Wöhrle ja irgendwie mit drin im Geschäft.«

»Mumpitz.«

»Wurden denn irgendwelche Drogen bei der Durchsuchung des Tatorts gefunden?«

»Natürlich nicht, sonst wüsstet ihr das ja.«

»Man weiß ja nie …«

Trotz unserer Meinungsverschiedenheiten sicherte Joachim Mayer uns zu, sich umzuhören. Seine Leute beschatteten schon seit Monaten einen Dealer in Waldkirch, der auch Koks im Angebot hatte. Kleiner Fisch. Aber irgendwo musste Wöhrle das Zeug ja herbekommen haben. Leider war es Joachim und den anderen Ermittlern, trotz unzähliger geöffneter und sorgsam wieder verpackter Pakete, abgehörter Anrufe und mühsamer Observation bisher nicht gelungen, die nächste Instanz in der Lieferkette zu ermitteln. Vielleicht würde man den kleinen Fisch bei Gelegenheit eben doch mal festnehmen und verhören. Noch während wir diskutierten, wie nun am besten vorzugehen sei, klingelte auf einmal mein Handy.

※

»Da vorne steht er!«

Freudig erregt hatte uns Frau Imhoff, das lebende Hundertwassergemälde aus Wöhrles Nachbarschaft, am Telefon mitgeteilt, dass das dubiose Auto wieder in der Straße aufgetaucht war. Kurzerhand hatte ich mir Ann-Sophie und Mike geschnappt und war losgeeilt. Tatsächlich parkte ein ziemlich in die Jahre gekommener rostroter Chevrolet schräg gegenüber Wöhrles Anwesen. Wir parkten mit etwas Abstand.

»Und jetzt?«, fragte Mike aufgeregt.

»Jetzt geh ich hin, schau, ob jemand drinsitzt, klopf an die Scheibe und frage, warum der drinsitzt, wenn jemand drinsitzt.«

»Super Strategie«, murmelte Ann-Sophie, aber ich war schon aus dem Auto. Die beiden anderen folgten.

Plötzlich öffnete sich die Fahrertür ruckartig, eine männliche Person stolperte heraus und rannte los.

»Mist, der hat uns entdeckt! Halt, stehen bleiben! Polizei!«

»Ja, kein Wunder, wenn wir hier anmarschieren wie das A-Team! Ich hatte gesagt, *ich* gehe hin, nicht wir alle!«

»Egal jetzt! Den schnappen wir uns!« Ann-Sophie stürmte los, wir hinterher. Der Mann war wie ein aufgescheuchtes Huhn ein gutes Stück die steile Straße hinabgerannt.

Mike rannte neben mir.

»Machst du etwa ein Video?«, keuchte ich. Das verdammte Handy schien in Mikes Hand festgewachsen zu sein.

»Ja klar, ne Verfolgungsjagd gibt sicher jede Menge Likes.«

Ich musste bei Gelegenheit echt mal ein ernstes Wörtchen mit ihm reden. Das ging einfach nicht, dass er während der Arbeit filmte oder fotografierte.

RUMS!

Da hatte Mike vor lauter Handy glatt den Bordstein übersehen und war der Länge nach hingeschlagen. Vielleicht würde ihm das ja eine Lehre sein.

»Er rennt auf den Friedhof!«, rief Ann-Sophie, die dem Flüchtigen dicht auf den Fersen war.

Der Typ legte ein ganz schönes Tempo vor, aber ich legte einen Zahn zu und schloss auf.

»Den hol ich mir«, rief ich und zog an Ann-Sophie vorbei. Hakenschlagend trieb ich den Flüchtigen zwischen den Gräberreihen in die Enge, nur noch ein Grabstein trennte uns – ich hob zu einem großen Satz an –, und bekam ihn zu fassen. Es kam zu einem kurzen Handgemenge, der Typ wehrte sich wie verrückt, aber ich konnte die Oberhand gewinnen und ihn auf den Boden drücken.

»Hast du etwa trainiert?«, schnaufte die herangeeilte Ann-Sophie neben mir.

Das hatte ich in der Tat, würde ich ihr aber niemals verraten. Unser Wettlauf zum Hünersedelturm im letzten Winter hatte mir ziemlich zu denken gegeben, und ich hatte tatsächlich mal wieder angefangen, etwas für meinen Körper zu tun.

»Hilf mir, den Typen festzuhalten!«, entgegnete ich bloß.

Der wand sich mit aller Kraft und brabbelte dabei Unverständliches vor sich hin. Beinahe hätte er sich wieder freigestrampelt.

»Hilf mir, verdammt, ich kann ihn fast nicht halten! Heee, der will mich beißen!« Nur knapp konnte ich meine Hand vor seinen Fingern in Sicherheit bringen. Der war ja echt irre.

»Jetzt werd mal nicht gleich hysterisch, ich hab ihn ja! Ist doch halb so wild, das ist doch nur so eine halbe Portion«, meinte Ann-Sophie und legte dem Typen Handschellen an.

»Ich, hysterisch? Wusstest du, dass der Begriff ›Hysterie‹ vom griechischen Wort für ›Gebärmutter‹ kommt?«, blaffte ich adrenalingeladen und nicht gerade gentlemanlike zurück.

*∗∗

Laut Personalausweis hatten wir es mit einem Raphael Zimmermann zu tun, wohnhaft in Sexau. Zimmermann war bereits auf den ersten Blick ein sonderbarer Kauz. Irgendwie machte er einen ungepflegten, verwahrlosten

Eindruck. Seine verbeulte Jeans, die beige-grün gestreifte Strickjacke, die er über einem ebenfalls beigen Hemd trug, und die ausgelatschten Turnschuhe hatten auf jeden Fall schon bessere Tage gesehen. Braune, etwas fettige Haare fielen formlos bis auf die Schultern hinunter. Wie ein nasser Sack hing er auf dem Verhörstuhl und blickte uns aus wässrig grünen Augen entgegen. Aus unerklärlichen Gründen lief mir ein Schauder den Rücken hinunter, als sich unsere Blicke trafen. Irgendwie war mir der Typ unheimlich.

Ich nannte Zimmermann unsere Namen und legte gleich los. »So, Herr Zimmermann, dann wollen wir mal. Wie geht es Ihnen denn?«, versuchte ich es auf die freundliche Art.

»Hahaha, was geht Sie das an?« Irgendwie hatte ich mit der freundlichen Art nie so wahnsinnig viel Erfolg in Verhören …

»Dann kommen wir mal gleich zur Sache. Warum sind Sie vor uns weggelaufen?«

Er schwieg.

»Warum haben Sie Boris Wöhrle beschattet?«, fuhr ich fort.

»Hahahahaha!«

Äh, lachte der mich jetzt etwa aus, oder was?

»Das geht Sie gar nichts an. Wir leben in einem freien Land, und ich kann mich aufhalten, wo ich will, lieber Herr Wisser«, sagte Zimmermann und ergänzte ein kurzes, wiehterndes Lachen.

»Jetzt hören Sie mal zu, Sie Spaßvogel! Sie lassen jetzt dieses beschissene Rumgelache und beantworten meine Fragen!«

Aber Zimmermann starrte mich nur aus kalten Augen an. »Hahahahaha!«, brach es erneut aus ihm heraus. »Haben Sie noch nie was von der heilenden Kraft des Lachens gehört?«

»Herr Zimmermann, was soll das?«, fragte Ann-Sophie, ebenfalls sichtlich konsterniert.

»Der spinnt ja komplett!«, murmelte ich.

»Hahahahahahaha!«

Langsam platzte mir echt der Kragen! Wollte der uns verarschen? Ich war wirklich kurz davor, diesem unheimlichen Vogel an die Gurgel zu springen.

»SCHLUSS JETZT!«, kam es dann, etwas lauter als beabsichtigt, aus mir heraus. Aber ich ließ mich doch von diesem Typen nicht zum Narren halten. Es ging hier schließlich um einen Mordfall! Doch Zimmermann grinste nur hämisch.

»Äh, vielleicht gehen wir besser kurz raus«, meinte Ann-Sophie und zog mich am Ärmel aus dem Verhörraum. Ich war echt auf hundertachtzig!

»Okay, jetzt beruhig dich mal. Rumbrüllen bringt doch auch nichts.«

»Der lacht einfach nur die ganze Zeit so irre! Und dann starrt er einen so unheimlich an!«

»Lass dich doch nicht so provozieren, das ist unprofessionell.«

Unprofessionell? Na klar, unsre tolle Miss Perfect ließ sich natürlich von nichts aus der Ruhe bringen, nicht mal von einem verrückten Kauz mit Lachanfall.

»Ich geh noch mal rein!«, riss ich mich von Ann-Sophie los und stürmte zurück in das Verhörzimmer.

Raphael Zimmermann hatte sich aufgerichtet und drehte gedankenverloren das Wasserglas in der Hand.

»So, Herr Zimmermann, ein letztes Mal in aller Freundschaft, bevor ich Sie vorübergehend in eine Arrestzelle sperre: Warum haben Sie Boris Wöhrle beschattet?«

Der Blick des Angesprochenen wanderte unsicher durch den ganzen Raum, bevor er fragend an mir hängen blieb. »Äh, sorry, was soll ich gemacht haben?«

»Wir wollen wissen, wieso Sie Wöhrle beschattet haben«, presste ich zwischen zusammengebissenen Zähnen hervor. Ein Satz von diesem Vogel, und meine Selbstbeherrschung begann schon wieder unter meiner aufkommenden Wut zu bröckeln.

»Tut mir leid, Herr … Kommissar, ich kenne keinen Boris Wöhrle.«

»Sie wurden mehrfach vor seinem Haus gesichtet! Und jetzt wollen Sie uns weismachen, Sie würden Wöhrle nicht kennen?«

»Wie gesagt, es tut mir leid. Ich würde Ihnen ja gerne weiterhelfen, aber ich weiß wirklich nicht, wovon Sie sprechen.« Ungläubig schauten Ann-Sophie und ich uns an. Keine Ahnung, was für eine Strategie Zimmermann verfolgte, er wirkte auf jeden Fall wie ausgewechselt.

In dem Moment klopfte Mike an die Tür des Verhörraums. »Leute, ich habe Neuigkeiten für euch.«

Entnervt ließen wir Zimmermann zurück und folgten dem humpelnden Mike in das Nachbarbüro. Sein Video von der Verfolgungsjagd hatte tatsächlich in kürzester Zeit sehr viele Likes eingebracht, vor allem natürlich aufgrund von Mikes unrühmlichem Abgang. Aber Likes waren Likes, dafür nahm man offenbar auch ein paar Schrammen und den Spott der Netzgemeinde in Kauf.

»Ihr habt mich ja gebeten, Infos über den Zimmermann zu beschaffen. Ich habe da etwas Interessantes herausgefunden.« Dramatische Pause. Den großen Auftritt hatte der echt drauf. Aber mit meiner Geduld war es heute nicht weit her.

»Schieß los, Mann!«

»Also, der Raphael Zimmermann, der war ein paar Jahre in Emmendingen. Ist da sogar mal ausgebrochen.«

»Der war in Emmendingen? Na, das erklärt einiges.«

Ann-Sophie blickte mich verständnislos an. »Was erklärt das denn? Wir sind doch gerade auch in Emmendingen. Ist das wieder so ein Eingeborenen-Insider? Kann mich bitte jemand aufklären?«

Emmendingen war hier die landläufige Umschreibung für Klapse, womit das Zentrum für Psychiatrie, das sich eben in Emmendingen befand, gemeint war. Es gehörte zu den größten offenen und geschlossenen Einrichtungen dieser Art in Baden-Württemberg und hatte der Stadt, in Verbindung mit der angrenzenden ICE-Strecke, schon öfter den unrühmlichen Titel der Stadt mit der höchsten Selbstmordrate pro Einwohner beschert.

»Und warum war der Zimmermann in Emmendingen?«

»›Depressionen, Borderline, dissoziative Identitätsstörung‹«, las Mike von seinem Notizzettel ab.

»Dissi… was?«, fragte ich.

»Dissoziative Identitätsstörung«, sprang Ann-Sophie sofort ein. »Kurz gesagt, mehrere Persönlichkeiten teilen sich sozusagen einen Körper und übernehmen abwechselnd die Kontrolle.«

»Woher weißt du so was immer?«

»Psychologieseminar, drittes Semester. Hast du da mal wieder gepennt?«

Streberin! Was das Psychologieseminar anging, konnte ich mich nur noch an die Seminarleiterin und ihren blonden Pferdeschwanz erinnern.

»Das Krasseste habe ich euch aber noch gar nicht gesagt«, meldete sich Mike wieder zu Wort. »Ihr werdet es nicht glauben: Eine dieser Persönlichkeiten scheint der Joker zu sein.«

Ungläubig blickten Ann-Sophie und ich uns an. »Dein Ernst?«

»Hahahahaha!«, japste ich.

»Hat der Typ dich angesteckt mit seiner Lache?«, fragte Ann-Sophie misstrauisch.

Ich wischte mir die Tränen aus den Augen. »Ihr macht mich fertig, Leute! Batman und der Joker! Da ist doch irgendwo eine versteckte Kamera, oder? So was gibt's doch gar nicht.«

»Ich befürchte, doch.«

»Immerhin ergibt das Lachen von diesem Typen jetzt Sinn.«

Verständnislos starrte Ann-Sophie mich an.

»Na, der Joker hat doch so 'ne Lachstörung. Noch nie einen Batman-Film gesehen?«

Ann-Sophies Blick sagte schon alles. »Ist der Typ denn gefährlich?«, fragte sie.

»Na ja, er sollte eigentlich gut eingestellt sein. Die Therapie muss wohl angeschlagen haben, und er wurde auch schon vor über einem Jahr aus der geschlossenen Anstalt entlassen. Aber der Psychiatriemitarbeiter, mit dem ich gesprochen habe – ein Kumpel von mir, sonst wäre ich gar nicht so schnell an die Infos gekommen –, meinte, wenn es nach ihm gegangen wäre, hätten sie Zimmermann nicht nach Hause geschickt. Er hat wohl die Befürchtung, dass Zimmermann seine Gewaltphantasien vielleicht doch eines schlechten Tages in die Realität umsetzen könnte. Boah, so ein grusliger Typ!«, ergänzte Mike. »Ich hatte als Kind immer Alpträume vom Joker, wegen dieser aufgeschlitzten Mundwinkel und so. Grässlich.«

»Na, dann gehen wir mal wieder rein und zeigen dem, wo in Gotham City der Hammer hängt!«

»Schon wieder so ein Insider?« Ann-Sophie verdrehte die Augen, aber ich hatte jetzt keine Zeit für Erklärungen.

»Sollten wir nicht einen Experten dazuholen?«, warf Ann-Sophie ein.

Ich winkte ab.

»Also, ich gebe Ann-Sophie recht«, meinte Mike. Na, das war ja klar.

»Das dauert doch viel zu lange! Wir brauchen die Infos von dem Spinner sofort!«

»Wendelin, achte mal etwas auf deine Ausdrücke. Weißt du, wie eine dissoziative Identitätsstörung entsteht? In der Regel geht sie auf extrem traumatische Erlebnisse in der frühen Kindheit zurück. Körperlicher und sexueller Missbrauch und so. Die Persönlichkeitsabspaltung ist sozusagen ein Schutzmechanismus, um die Seele des Kindes nicht zerbrechen zu lassen. Zimmermann ist ja wirklich … schwierig, aber er ist auch nicht ohne Grund so, sondern hat wohl echt Furchtbares erleben müssen.«

»Das klingt weiß Gott schrecklich«, gab ich kleinlaut zu. »Aber auch sehr faszinierend«, ergänzte ich dann. »Das heißt, in Raphael Zimmermanns Körper leben zum einen Zimmermanns eigentliche Identität sowie zum anderen eine abgespaltene Identität, die sich für den Joker hält?«

»Soweit ich weiß, können manchmal Dutzende verschiedene Persönlichkeiten in einem Patienten existieren.«

»Wahnsinn. Und kennen sich dann all diese Identitäten untereinander, oder wie kann man sich das vorstellen?«

»Ich glaube, das ist unterschiedlich. Aber so genau weiß ich das auch nicht mehr alles. Wir sollten auf jeden Fall mit seinem behandelnden Therapeuten sprechen. Um diese psychische Störung und vor allem die Person Raphael Zimmermann oder die Personen besser verstehen zu können.«

»Na gut. Mike, ruf deinen Kumpel an. Finde raus, wer der derzeitige Therapeut von Zimmermann ist, und mache so bald wie möglich einen Termin aus. Aber jetzt will ich auf jeden Fall noch mal mit dem Joker reden, solange er da ist.«

∗∗∗

Raphael Zimmermann saß unverändert auf seinem Stuhl und spielte mit dem Wasserglas.

»Herr Zimmermann, wir haben gerade erfahren, dass Sie längere Zeit im Zentrum für Psychiatrie gelebt haben?«

»Ja, das stimmt.«

»Mir scheint Ihre Situation sehr besonders zu sein«, umschrieb ich vorsichtig.

Zimmermann blickte mich an. Du hast ja keinen blassen Schimmer, schien dieser Blick zu sagen. Damit hatte er vermutlich recht.

»Wir müssten dringend mit dem Joker reden.«

»Ja, Moment, ich ruf ihn mal kurz. He, Joker, bist du da?« Spöttisch grinste Zimmermann uns an. »Denken Sie ernsthaft, so einfach geht das? Und was stellen Sie sich überhaupt unter ›Joker‹ vor?«

»Ist es nicht so, dass Sie oder eine Ihrer Identitäten oder Persönlichkeiten oder wie auch immer etwas … na ja, sagen wir mal, fixiert auf Wöhrle sind? Weil Sie ihn für die badische Version von Batman halten?«

»Hmm, ich glaube von dem badischen Batman habe ich schon gehört.«

»Tatsächlich? Was haben Sie denn gehört?«

Zimmermann sackte wieder auf seinem Stuhl zusammen.

Dann plötzlich breitete sich abermals das diabolische Grinsen auf seinem Gesicht aus. »Ich musste ihn im Auge behalten«, murmelte er und begann, vor sich hin zu kichern.

»Warum? Raus mit der Sprache!«, drängte ich. Ann-Sophie warf mir einen vorwurfsvollen Blick zu. Egal. »Reden Sie!«

Tatsächlich gab Zimmermann – oder wer auch immer – nun zu, Boris Wöhrle schon seit Wochen observiert zu haben. Die Gründe waren nicht so ganz nachvollziehbar, außer natürlich, man bildete sich ein, der Joker zu sein. Dann machte das schon Sinn. Allerdings würde es der Joker als Batmans Erzrivale nicht bei einer reinen Beobachtung belassen. Das deutete ich auch gegenüber Zimmermann an.

»Ich hab nix gemacht, nur beobachtet«, erwiderte der weinerlich. »Sie dürfen mich nicht so beschuldigen.«

Was ich durfte und was nicht, bestimmte hier immer noch ich! »Herr Zimmermann, ich sag jetzt, wie's ist. Wenn Sie uns nicht weiterhelfen, dürfen Sie auch nicht nach Hause. Außerdem werde ich dann wohl ein ernstes Gespräch mit den Kollegen im Zentrum für Psychiatrie führen müssen. Also lassen Sie das Herumgealbere und reden Sie Klartext!«

»Sehe ich so aus, als würde ich scherzen?« Böse funkelte Zimmermann mich an. »Sie erpressen mich. Das mag ich nicht.«

»Also, noch einmal: Haben Sie Wöhrle – oder Batman, von mir aus – etwas angetan oder nicht?«

»Nein!«, schrie Zimmermann und schleuderte das Wasserglas mit voller Wucht an die Wand.

Erschrocken wich ich zurück. Ann-Sophie war kreidebleich geworden.

»Nein«, wiederholte Zimmermann leise und vergrub sein Gesicht in seinen Armen. Er schien selber erschrocken über seinen Wutausbruch zu sein, fasste sich aber schnell wieder. »Da ist mir wohl jemand zuvorgekommen, hahaha«, sagte er und grinste uns listig an.

»Und haben Sie auch eine Idee, wer das war?«, fragte Ann-Sophie, der der Schreck noch ziemlich in den Gliedern zu stecken schien.

»Two-Face vielleicht?«, konnte ich mir nicht verkneifen, woraufhin Raphael Zimmermann mich mit einem bösen Blick bedachte.

»Ich weiß es wirklich nicht!«, sagte er mit Nachdruck.

Ob das die Wahrheit war? Mein Gefühl sagte mir, dass diesem Kerl nicht zu trauen war.

***

Kein Wort kommt über deine Lippen, wenn er dich schlägt. Kein Wort, wenn er dich zu ihnen in den Keller sperrt. Doch ich habe deinen stummen Hilfeschrei vernommen.

Wir haben uns an ihm gerächt, haben einen Weg aus der Dunkelheit gefunden.

Ich bin für dich da. Er wird dir nicht mehr wehtun. Niemand wird dir mehr wehtun. Dafür sorge ich. Hahaha.

***

Zu Hause saß meine Mutter komplett verschwitzt auf der Bank vor dem Haus.

»Isch des heiß hit«, rief sie mir zur Begrüßung entgegen. »Noch ei Wage, donn hemma's für hit. Aber om Somschdig mussch au emol ran, ge?«

Vor einigen landwirtschaftlichen Pflichten konnte selbst ich mich nicht drücken.

»Klar. Aber jetzt ist erst mal Feierabend. War ein langer Tag heute.«

»Du hesch dir den Beruf ussgsucht«, erwiderte meine Mutter wenig mitleidig. »Weisch, d' Oma widda! Het gmeint, sie muss mit ihre ninzig Johr un bi dere Affehitz noch hinterm Wage herreche! Nid mol e Flasch Sprudel het si debigho! Ich hob ihr jetzt Stubearrest verbasst«, fuhr sie fort.

»Oje, da wird sie nicht begeistert gewesen sein.«

Oma und auch Opa hatten immer noch nicht realisiert, dass sie nicht mehr so ganz jung waren und körperlich auch nicht mehr so fit – nach wie vor mischten sie noch überall fleißig mit. Manchmal buchstäblich bis kurz vor den Kollaps. Aber sie konnten halt nicht anders.

»Ich hob ihr de Norbert ohgmocht«, zwinkerte meine Mutter mir zu.

Kaum war ich im Haus, schallte mir auch schon »Feuervogel flieg hoch zu den Sternen, sing noch einmal unsre Melodie« entgegen. Verträumt saß Oma am Küchentisch und lauschte den Klängen der Kastelruther Spatzen, die aus dem CD-Player schallten.

»Ach, de Norbert«, seufzte sie, als sie mich sah. Bezüglich der Kastelruther Spatzen mutierte Oma Erika, eine gestandene Frau an die neunzig, zum absoluten Fangirl. »Der singt so schee! Aber du, do hob ich widda was glese!« Oma wies auf den Stapel Frauenzeitschriften neben sich. »Irgendwas muss ich ja au moche, wenn ich schu nimmi helfe därf.«

»Aber Oma, da steht doch nur Quatsch drin in diesen

Heftle. Da kannst du höchstens den Kochrezepten vertrauen.«

»Meinsch?« Mit großen Augen guckte sie mich an.

»Natürlich.« Ich zog eine »Bild der Frau« aus dem
Stapel. »Guck mal hier, Meghan und Harry sind immer
noch nicht geschieden, obwohl es hier steht.«

»Ach selli! Des isch doch e bäsi Hex, selli Megaan! Der
arme Haarri.«

Ähm ja, okay.

Bevor wir die Thematik weiter vertiefen konnten, kamen zum Glück meine Eltern und Opa Erwin herein.

»Ach, moch doch des Geplärr ab!«, grummelte Opa.
»Des vertrag ich jetzt nid.«

»Ah, Wendelin, au mal wieder da?«, bemerkte mein
Vater. »Was macht die Verbrecherjagd?«

»Ich sag's euch. Wenn ihr wüsstet, was da für Vögel frei
rumlaufen«, seufzte ich nur. »Heute haben wir jemanden
festgenommen, der hat eine psychische Störung. Er hält
sich für den Joker.«

»Sache gibt's!« Mein Vater schüttelte den Kopf.

»Tschoka?«, fragte Opa Erwin.

»Ja, Joker, wie aus Batman«, antwortete ich und reali-
sierte im selben Moment, dass das Opa wohl auch nicht
viel weiterbringen würde. Wie sollte ich einem Neunzig-
jährigen denn jetzt Batman und Joker nahebringen?

»Also, Batman ist ein Superheld –«, begann ich.

»Dodefu verstond ich nix«, fiel mir Opa ins Wort.

»Na, auf jeden Fall: Der Joker ist sein Gegner, ein
ganz gemeiner, bösartiger Typ. ›Joker‹ ist das englische
Wort für ›Narr‹. Der Kerl ist total irre. Er glaubt, er
wäre so eine Art richtig böser Spaßvogel, der ganz viele
schlimme Dinge tut. Böse Streiche spielt und sogar Menschen tötet.«

»Na, donn würd ich sage, seller Tschoka klingt für mich noch 'nem richtige Lumbeseggel!«

Dem konnte man nur zustimmen.

»Jessis nai! Ich hon's schu immer gsait: Die Welt wird immer verruckter!«, sagte Oma. »So, aber jetzt richt ich erst mol 's Esse. Du, Wendelin, wenn bringsch eigentlich d' Ann-Sophie mol widda mit?«

»Die war doch erst kürzlich zum Frühstück da«, versuchte ich auszuweichen.

»Ach, des zellt doch nid! Da ware ihr jo gli widda weg! Mir könnte doch mol alli zemme grille! Oda weisch was, ich hob noch e Lummel in de Gfriertruhe, des wär doch au ebbis.«

»Jaja«, brummte ich nur und floh in meine Wohnung.

Sechs

Dank Vitamin B hatte Mike direkt am kommenden Morgen einen Gesprächstermin mit Zimmermanns behandelnder Psychiaterin ausmachen können. Sie empfing uns noch vor Beginn ihres eigentlichen Arbeitstags um sieben Uhr. So fuhren Ann-Sophie und ich in aller Frühe zum Zentrum für Psychiatrie nach Emmendingen.

In den meisten Filmen werden solche Orte schrecklich düster dargestellt, aber als wir am Morgen durch die schön angelegte, große Parkanlage des Zentrums zu den Klinikgebäuden gingen, die Vögel zwitscherten und die Morgensonne den glitzernden Tau vom Rasen strich, konnte ich mir gut vorstellen, an diesem Ort zu seelischer Gesundheit zu finden.

Leider erwies sich das hier stattfindende Gespräch alles andere als dem Seelenfrieden zuträglich. Dagegen konnte weder die sonnige Parkanlage noch die sympathisch wirkende Therapeutin etwas ausrichten. Das Gesprächsthema war einfach nicht dafür gedacht, eine positive Stimmung zu verbreiten, und das, obwohl wir nur an der Oberfläche von Zimmermanns Erkrankung kratzten.

Frau Dr. Engels empfing uns nach kurzer Wartezeit auf harten Holzstühlen in ihrem hellen, aufgeräumten Büro, das in einem der Neubauten des ausschweifenden Klinikgeländes lag.

»Schönen guten Morgen«, begrüßte sie uns mit sanfter Therapeutenstimme und warmem Händedruck. »Hätten Sie auch gerne eine?«, fragte sie und deutete auf die erdfarbene Tasse mit dampfendem Tee vor ihr.

Wir bejahten und nahmen anschließend in einer kleinen Sitzecke mit drei modernen Sesseln und einem hölzernen Beistelltischchen Platz. An der Wand hing moderne Kunst: Hunderte von kreisförmig angeordneten Farbtupfern, wobei die Mitte und der Rand schwarz gehalten waren, sodass mich das Gemälde auf jeden Fall an ein Auge, aber irgendwie auch an eine bunte Blumenwiese oder einen Schäppel, wie er bei Oma in der Glasvitrine stand, erinnerte.

»Sie möchten mit mir also über Raphael reden?«, eröffnete Dr. Engels das Gespräch, nachdem sie uns beide mit einer aromatisch duftenden Tasse Earl Grey versorgt hatte.

Ich richtete meine Aufmerksamkeit wieder auf mein Gegenüber.

Dr. Engels hatte ein freundliches Lächeln in einem Gesicht, das aussah, als wäre es zusammengeknüllt und nur halbherzig wieder geglättet worden. Die kreisrunden Brillengläser und ihre ausgeprägten Lachfalten um die Augen gaben ihr etwas Schildkrötenhaftes. Doch trotz ihres Lächelns schien aus ihren Augen auch eine tiefer liegende Traurigkeit zu sprechen, wie bei einem Menschen, der schon viel hatte erleben müssen oder, in ihrem Fall, vielleicht mit seinen Patienten miterlebt hatte.

»So ist es«, übernahm Ann-Sophie die Gesprächsführung. »Vielleicht könnten Sie uns, bevor wir über Herrn Zimmermann konkret sprechen, noch einmal kurz über sein Krankheitsbild, also die dissoziative Identitätsstörung, aufklären. Für uns Außenstehende sind diese Iden-

titätswechsel in einem Menschen oft schwierig nachzu-
vollziehen, und die ganze Symptomatik ist nicht leicht
zu verstehen.«

»Das tue ich gerne. Zu Raphael will ich aber betonen,
dass ich gestern Abend noch mit ihm Rücksprache gehalten habe und er mich ausdrücklich in großen Teilen von
meiner Schweigepflicht entbunden hat. Vielleicht sehen
Sie das ja als Zeichen seines guten Willens.«

»Was bedeutet ›in großen Teilen von der Schweigepflicht entbunden‹?«, hakte ich skeptisch nach.

»Das heißt«, antwortete Dr. Engels ruhig, während sie
ihren Teebeutel vorsichtig in eine bereitstehende Schale
entsorgte und ihre Tasse zu sich zog, »dass ich mit Ihnen
über seinen aktuellen Zustand und all das reden darf. Aber
die Vergangenheit, also die extrem belastenden Erlebnisse
in seiner Kindheit, außen vor lasse. Auch wenn er Opfer
war, empfindet er es als demütigend, wenn andere davon
Details erfahren, und glauben Sie mir, vieles davon wollen
Sie lieber gar nicht wissen. Für Ihren aktuellen Fall sollte
das ohnehin ohne Belang sein.«

»Also gut. Der ärztlichen Schweigepflicht müssen wir
uns wohl ohnehin fügen«, sagte ich, obwohl ich eigentlich
schon gerne selber entschied, was für mich von Belang
war und was nicht.

»So ist es. Also, zur dissoziativen Identitätsstörung:
Was wollen Sie wissen?«

»Sie haben schreckliche Erlebnisse in Raphael Zimmermanns Kindheit angedeutet«, begann Ann-Sophie. »Wenn
ich das richtig verstanden habe, sind solche schweren
traumatischen Ereignisse der Auslöser für die verschiedenen Persönlichkeiten. Sozusagen als Schutzmechanismus,
weil eine Persönlichkeit all den Schmerz, den sie erfahren
hat, gar nicht aushalten könnte. Kann man das so sagen,

oder können sich diese verschiedenen Persönlichkeiten in einem Menschen auch anders entwickeln? Kann man vielleicht auch einfach so geboren werden?«

»Nein, das haben Sie schon richtig formuliert. Wobei man sagen muss, dass man diesen extremen Stress, dem die kindliche Psyche da ausgesetzt wird, wirklich in frühester Kindheit erfahren haben muss. In einer Phase, wo sich die eigene Identität erst noch herausbildet. Wir reden hier von einem Alter von drei, vier, maximal fünf Jahren. Und wenn ich von extremem Stress rede – das Wort wird heute ja inflationär verwendet –, dann meine ich damit eine lebensbedrohliche Belastung. Vernachlässigung bis hin zum Hungern oder Verdursten, aber in fast allen Fällen auch massive Gewalt. Oft sexuelle Gewalt, Folter, und das ritualisiert, also nicht einmalig. Vielleicht erkläre ich das an einem fiktiven Beispiel, damit Sie sich das mit der Entstehung der verschiedenen Persönlichkeiten besser vorstellen können.«

»Ja, bitte.«

»Also gut. Sagen wir, die dreijährige Pia lebt in einer ganz normalen Familie, zumindest glaubt sie das. In Wahrheit wird sie von ihrer Mutter, die selbst genügend Probleme hat, ziemlich vernachlässigt. Aber sie kennt es ja nicht anders und liebt ihre Eltern natürlich trotzdem. Außer wenn der Vater mal wieder von einer Kneipentour nach Hause kommt und ihre Mutter und auch Pia brutal zusammenschlägt. Für Pia sind diese beiden *Gesichter* ihres Vaters, der, mit dem sie spielt und der sie auf den Arm nimmt, und der, der ihr Gewalt antut, nicht aushaltbar. So spaltet sich Pias Persönlichkeit auf in Pia und das andere Mädchen, das immer dann zum Vorschein kommt, wenn der Vater nach Alkohol riecht. Als Pia vier Jahre alt ist, beginnt der Vater, sie auch sexuell zu misshandeln.

Und immer wenn er diesen seltsamen Blick bekommt, verschwindet auch das andere Mädchen, und ein weiterer Persönlichkeitsanteil entsteht, der für sexuelle Situationen »zuständig« ist. Diese Persönlichkeit – nennen wir sie Lola – macht stets, was immer der Vater ihr befiehlt, und ist total abgestumpft gegenüber dem, was mit ihrem Körper passiert.

Das ist gut so, denn Pia selbst, die daran zerbrechen und so nicht mit ihren Eltern leben könnte, weiß von nichts. Aber sie ist oft müde, ist vergesslich, hat Erinnerungslücken, und morgens tut ihr der Körper weh, und sie weiß nicht, wieso.«

»Und Pia bemerkt von alldem nichts? Auch nicht, wenn sie älter wird?«

»Das ist nicht selten der Fall. Das ist ja eben ihr psychischer Selbstschutz, den man nicht so einfach überwinden kann.«

»Und wie lange ist man, also in diesem Fall die eigentliche Pia, dann abgemeldet, salopp formuliert?«

»Das ist sehr unterschiedlich. Das kann ein paar Minuten sein, es kann sein, dass ein Anteil einfach nur kurz in die Gedanken oder in ein Gespräch eingrätscht und sich gleich wieder zurückzieht, im Extremfall und bei extremem Auslöser kann aber auch bis zu ein Jahr vergehen, bevor man wieder richtig die Kontrolle zurückbekommt.«

»Ein Jahr? Dann fehlt dir ein Lebensjahr, du kommst zu dir und kannst dich an nichts erinnern?« Ann-Sophie schnappte fassungslos nach Luft.

»Das sind seltene Ausnahmefälle. Raphael hatte so etwas nie. Aber es kann vorkommen. Und Erinnern, zum Beispiel an die Kindheit, ist für die meisten Multiplen ohnehin nur sehr fragmentarisch möglich.«

»Und diese Persönlichkeitswechsel erfolgen also nicht zufällig, sondern es gibt immer einen Auslöser?«, hakte ich nach.

»Manche Persönlichkeitsanteile sind sehr präsent, sind oft im Kopf mit dabei, auch wenn sie nicht die Führung übernehmen. Die wollen einfach mal ihre Bedürfnisse durchsetzen. Also gibt es da nicht immer Auslöser im Sinne von: Man drückt auf einen Knopf, und der Persönlichkeitsanteil switcht. Aber gerade die Persönlichkeitsanteile, die von den anderen komplett getrennt existieren, weil sie oft auch die schlimmste Last tragen, werden zumeist von gewissen sogenannten Triggern ausgelöst. Es gibt sogar Täter, die ihre Opfer auf ein Codewort konditionieren, um so den Anteil hervorholen zu können, der ihnen gehorcht und mit dem sie alles machen können.«

»Das ist ja grausam.«

»Um noch einmal auf Pia zurückzukommen: Es könnte sein, dass Pia als junge Frau U-Bahn fährt und sich ein Mann mit Alkoholgeruch neben sie setzt. Dieser Alkoholgeruch kann dann der Trigger sein und sie wieder einen Flashback erleben lassen. Das heißt, sie gerät in Panik, weil ihr Unterbewusstsein Angst vor der bevorstehenden Gewalt hat, aber Pia selbst versteht nicht, wieso das jetzt passiert. Sie hat ja auch keine Erinnerungen an die Gewalt. Vielleicht hat sie auch einen Blackout, kommt erst später wieder zu sich und bekommt von einer Freundin erzählt, sie hätte sich wie ein verängstigtes kleines Kind verhalten, weil das andere Mädchen die Bewusstseinskontrolle übernommen hat.«

»Das heißt, die einzelnen Persönlichkeiten wissen nicht, was die anderen erleben? Wie viele Persönlichkeiten kann es denn geben?«

»Das ist sehr unterschiedlich. Die Anzahl der Persönlichkeiten kann in Ausnahmefällen mehrere Dutzend sein, aber oft sind es auch nur eine Handvoll. Zumindest eine Handvoll, von denen man weiß. Das ist so individuell, vielleicht sollten wir hier doch konkret auf Raphael zu sprechen kommen.«

»Gerne.«

»Also, Raphael hat sechs Persönlichkeiten, deren Namen er kennt. Sie können sich das wie eine WG vorstellen. Im ersten Stockwerk wohnt ›Eins‹, so nennt er sein vor allem gefühltes Ich. Einmal, weil es sein mit Abstand häufigster Zustand im Alltag ist und weil er gerne *eins* wäre, im Sinne von ›vereint‹. *Eins* ist gut darin, seinen Alltag zu organisieren, er kann auch mit Fremden reden und ist so ein bisschen der, der sagt, wo es im Leben langgehen soll. Zumindest würde er das gerne, aber das ist leider nicht ganz so einfach, denn es gibt ja noch die anderen. Zum Beispiel ›Blue‹. *Blue* ist sehr häufig mit dabei im Kopf, übernimmt aber nicht so oft das Ruder. Fast nur, wenn er allein ist, denn *Blue* ist sehr schüchtern, sensibel, aber auch kreativ und stellt Fragen nach dem Sinn. Mit *Blue* kann ich sehr gut arbeiten. Dann gibt es noch ›Joy‹. *Joy* ist weiblich und total gut drauf. Sie ist eher pubertär, frech, cool, lässt sich nichts sagen, benutzt Schimpfwörter und blendet alle Probleme einfach aus. Aber sie kommt viel seltener hoch ins Bewusstsein als *Blue* oder *Eins*. Dann gibt es, wie bei fast allen Betroffenen, noch eine kindliche Persönlichkeit: ›Nils‹. *Nils* wohnt im Erdgeschoss, da ist es nicht so hell und klar wie im ersten Stock. *Nils* ist ein Kleinkind, was oft ein Problem ist, weil er, wie alle Kleinkinder, vieles noch nicht kann. Außerdem ist er oft sehr verängstigt. Für gewöhnlich malt *Nils* mit Buntstiften Bilder, das beruhigt ihn. Zudem teilt er sich den anderen so ein wenig mit. Ansonsten kommuniziert er nicht mit ihnen, und meistens wissen sie auch nicht, was passiert ist, wenn *Nils* in den Vordergrund tritt. Dann ist da einfach ein Erinnerungsloch. Das Gleiche gilt für *Stone* und *Joker*, die ebenfalls im Erdgeschoss wohnen. *Stone* ist komplett apathisch, neigt zu Selbstverletzungen, spürt aber keinerlei Schmerz. Das ist natürlich schlecht, wenn er wieder abtaucht und *Eins* übernimmt und dann mit den Selbstverletzungen und den Schmerzen klarkommen muss. Der *Joker* übernimmt eine wichtige Funktion für Raphaels Psyche. Er erfüllt wie *Joy* eine Beschützerfunktion für die anderen. Er kennt keine Angst, es interessiert ihn nicht, was die Leute denken. Aber er ist eben nicht fröhlich und verdrängt alles, sondern sehr zynisch, sarkastisch. Er provoziert gern, zeigt Stärke, Hemmungs- und Skrupellosigkeit. Er ist sehr wichtig, um die unterdrückten Aggressionen und Gewalterfahrungen zu verarbeiten.«

»Das klingt aber auch sehr gefährlich«, warf ich ein.

»Nun ja, er ist sicher nicht ganz ohne. Aber Ihnen sollte klar sein, dass Raphael in erster Linie ein Opfer massiver Gewalt ist. Und das, worunter alle multiplen Menschen und auch Raphael so sehr leiden, ist, dass ihre Mitmenschen ihnen oft mit Angst begegnen. Natürlich unter anderem geschürt durch die ganzen Horrorfilme – aber es ist wohl generell eine Urangst des Menschen, dass sich das Gegenüber urplötzlich als jemand ganz anderes entpuppt.«

»Das muss wirklich hart sein. Und diese Menschen haben es ja ohnehin schon schwer genug im Leben«, sagte Ann-Sophie.

»Richtig«, entgegnete Dr. Engels. »Es kann sein, ein Betroffener kocht gerade etwas, auf einmal übernimmt eine Kinderpersönlichkeit, die etwas malen möchte. Eine halbe Stunde später kommt der Betroffene wieder zu sich und fragt sich, wieso es so verbrannt riecht. Es ist schwer, den Alltag so zu organisieren.«

»Das stelle ich mir superschwierig vor«, erwiderte Ann-Sophie. »Kriegen die Betroffenen das denn irgendwie geregelt?«

»Nun, wie bereits gesagt, ist das von Patient zu Patient sehr unterschiedlich. Es gibt Leute, die bekommen trotz allem irgendwie eine akademische oder unternehmerische Laufbahn hin, andere brauchen Unterstützung entsprechender Einrichtungen, um zurechtzukommen. Aber auch andere Bereiche des Lebens, wie eine feste Paarbeziehung, gestalten sich für viele sehr, sehr schwer.«

»Oh Mann, das kann ich mir denken«, sagte ich. Ich konnte mir ja nur annähernd vorstellen, was das Gesagte für Betroffene dissoziativer Identitätsstörungen und auch deren Umfeld bedeutete, aber es musste wirklich schlimm und eine große Herausforderung sein.

»Wenn ich noch einmal kurz zum Joker zurückkommen darf«, hakte ich dann ein. »Sie haben vorher erwähnt, dass der Joker im Erdgeschoss lebt, wo weniger Licht hinkommt und wo die Persönlichkeitsanteile sich untereinander an nichts erinnern können«, hakte ich ein. »Ich hoffe, es gibt keinen Keller?«

»Doch, den gibt es leider auch. Dort liegen die tiefsten Traumata und vielleicht auch andere Persönlichkeitsanteile verborgen, von denen Raphael und ich bisher gar nichts wissen. Aber zumindest von einem sogenannten ›Täterintrojekt‹ wissen wir. Das ist eine Projektion des Täters, eine Stimme, die ihm manchmal schreckliche Befehle gibt. Aber keine Sorge. Raphael empfindet das als Bedrohung, er hasst diese Stimme und würde nie im Traum daran denken, auf diese Stimme zu hören. Es ist mehr so etwas wie eine personifizierte Erinnerung an das, was er erleben musste«, erklärte Dr. Engels.

»Und wie viele Jahre ist Raphael nun schon bei Ihnen in Behandlung?«

»Gute zwei Jahre.«

»Und offensichtlich haben Sie Fortschritte erzielt. Ich habe gehört, er war hier längere Zeit stationär in Behandlung. Das ist er ja jetzt seit einem Jahr nicht mehr. Aber so wie Sie erzählen, ist er trotzdem noch lange nicht geheilt, oder?«

»Was verstehen Sie unter ›geheilt‹?«

»Na, was ist denn das Ziel der Therapie? Dass Raphael Zimmermann nur noch Raphael ist und nicht mehr 'ne halbe Fußballmannschaft in seinem Kopf hat?«

Dr. Engels runzelte leicht die Stirn ob meiner ziemlich saloppen Umschreibung. Dann fuhr sie professionell fort: »Das wäre schön, ist aber unrealistisch. Raphaels Persönlichkeitsstruktur hat sich über viele Jahre gefestigt, von Kindesbeinen an. Unser Ziel ist, die Persönlichkeitsanteile so zu integrieren, sozusagen die Membran der einzelnen Anteile so durchlässig zu machen, dass alle miteinander kommunizieren können, dass man die Switches ein wenig kontrollieren kann. Dass alle zu ihrem Recht kommen und es nicht mehr nur ums Überleben geht, sondern darum, trotz aller Schwierigkeiten ein gutes Leben zu leben. Dass man sich besser organisieren kann im Alltag. Außerdem versuchen wir, für die Betroffenen ein Unterstützungsnetzwerk aufzubauen, und natürlich geht es vor allem auch um Traumabewältigung. Die bessere Integration hat auch immer mit der Verarbeitung der Traumata zu tun, und manchmal verschwinden dann Anteile auch fast vollständig, weil sie weniger gebraucht werden. Aber diese Traumatherapie ist sehr schwer, sogar für den Therapeuten.«

»Das glaube ich Ihnen. Also, Raphael geht es jetzt besser, aber noch nicht gut?«

»Das kann man so sagen. Er neigt viel weniger zu selbstverletzendem Verhalten, was zu Beginn ein großes Problem und die anfängliche Ursache seiner Einweisung war. Und er kommt mittlerweile weitgehend alleine klar. Aber es ist noch immer ein langer Weg. Zwei Jahre Therapie sind da nichts.«

»Wie Sie vermutlich wissen, sind wir wegen der Ermordung von Boris Wöhrle hier. Wissen Sie von Raphael etwas über Wöhrle?«

»Ja, sein Joker-Anteil war ganz aufgekratzt wegen ihm. Er hielt ihn irgendwie ein Stück weit für Batman, hat da eine Bedrohung für sich reinprojiziert, eine dunkle Gefahr.«

»Können Sie sich erklären, wieso? Ich meine, klar, Batman – Joker. Aber kann man das noch anders psychologisch erklären?«

Dr. Engels schien zu überlegen. »Damit wären wir eigentlich bei den traumatischen Erlebnissen, über die ich nicht reden darf. Aber lassen Sie mich versuchen, es anhand von Raphaels Joker-Persönlichkeit zu erklären: Ein Trigger dafür, dass der Joker hochkommt, sind zum einen Drucksituationen, mit denen *Eins* nicht gut umgehen kann, oder aber absolute Dunkelheit. Raphael schläft daher immer mit einem kleinen Nachtlicht, weil Finsternis bei ihm ein Auslöser für Flashbacks und so weiter sein kann. Und Batman, soweit ich das richtig weiß, ist ja ein Rächer der Nacht. Er ist komplett schwarz angezogen und steht sozusagen symbolisch für die Nacht, für Finsternis und wird natürlich auch mit Fledermäusen assoziiert. All das sind Dinge, die bei Raphael sehr negative Erinnerungen auslösen. Erinnerungen, die er bekämpfen will. Und der Joker trägt dies nach außen.«

»Danke für Ihre Ausführungen. Das klingt jetzt hart, aber wir sind nun mal deswegen hier: Würden Sie Raphael Zimmermann zutrauen, einen Menschen umzubringen?«

Dr. Engels' Blick verfinsterte sich. »Ich glaube, in einer Extremsituation kann fast jeder Mensch zum Mörder werden.«

»Und ist Raphael gerade in so einer Extremsituation?«

»Die Batman-Geschichte hat ihn aufgewühlt, sicher. Aber ich glaube nicht, dass ihn das so unter Spannung setzen würde. Da war ja gar kein richtiger Kontakt – kein wirklicher Druck auf ihn.«

»Zumindest kein realer, soweit wir wissen«, gab ich zu bedenken.

»Sie werden sicher Ihre Gründe haben, Raphael zu verdächtigen«, sagte Dr. Engels und schien darüber aufrichtig betrübt zu sein.

»Haben Sie mehrere Patienten wie Raphael?«, fragte Ann-Sophie noch.

»Sie meinen, mit dissoziativer Persönlichkeitsstörung?«

Ann-Sophie nickte.

»Oh ja, einige. Das ist nicht so selten, wie Sie vielleicht glauben. Man geht davon aus, dass etwa ein Prozent der Bevölkerung betroffen ist. Davon sind die meisten leider nicht diagnostiziert oder in Behandlung.«

»Ein Prozent?« Ich schluckte. »Das wären mehr als achthunderttausend Menschen in Deutschland.«

»Ja, so ist es leider. Und wie Sie wissen, geschieht die Abspaltung nicht von alleine.«

Ich wusste als Polizist natürlich, dass unter der Fassade unserer geordneten Gesellschaft und heiler Familien sich so einige ungeahnte Abgründe auftaten, und dies auch viel häufiger, als man gemeinhin annahm. Aber achthunderttausend Menschen mit dieser heftigen, schwierigen Krankheit? Das schlug mir echt etwas auf den Magen. Manchmal sahen doch die eigenen Probleme auf einmal wieder ganz klein und unbedeutend aus.

Ich bemerkte, wie Dr. Engels' Blick nervös zu ihrer Uhr wanderte. »Bitte entschuldigen Sie«, sagte sie, »haben Sie noch weitere drängende Fragen? Ich habe gleich eine Gruppentherapie, zu der ich nur sehr ungern zu spät kommen würde.«

»Ich denke nicht.« Ann-Sophie blickte mich fragend an, aber mir fiel auch nichts elementar Wichtiges mehr ein. »Vielen Dank, dass Sie sich die Zeit für uns genommen haben. Sollte uns noch etwas einfallen, rufen wir einfach kurz an.«

»Das dürfen Sie gerne tun. Sie finden den Weg selbst, vermute ich?«

Als wir schweigend durch den Park zurückliefen, war der Himmel schon diesig trüb und die Sonne verschleiert.

✳✳✳

Auch der restliche Dienstagvormittag gestaltete sich trist. Draußen trieb ein auffrischender Wind graue Wolken über den Julihimmel. Zum Glück war das Heu schon vom Feld. Drinnen wälzte Ann-Sophie die Ermittlungsakte von Joachim Mayer. Dabei hatte sie auf dem Stuhl sitzend ihr rechtes Knie unter ihrem linken Bein verknotet. Eine Sitzhaltung, in die mich nur ein Folterknecht mit wüsten Methoden hätte zwingen können. Sie hingegen strich sich entspannt und geistesabwesend über die Lippen, während sie sich über die Befragungsprotokolle unseres Kollegen beugte. Yoga zahlte sich wohl doch aus.

Natürlich hatte ich selbst zu tun, aber das Durchschauen der Videobänder war trotz Superschnelldurchlauf extrem ermüdend, sodass mein Blick immer wieder vom Bildschirm abzugleiten drohte. Ich war mit mir selbst unzufrieden und fürchtete schon, aufgrund mangelnder Konzentration die Drohnenszene einfach verpasst zu haben, da flackerte endlich kurz etwas am Himmel auf meinem Flatscreen auf.

Ich stoppte, scrollte zurück und sah mir alles noch mal genauer an. Viel war nicht zu sehen, die meiste Zeit kam sie nur kurz ins Bild und entschwand sofort wieder aus dem oberen Bildrand. Aber einmal kreiste sie langsam um das ganze Haus, wie ich den verschiedenen Kameraaufnahmen nach einigem Hin und Her entnehmen konnte. Die Drohne war eher unspektakulär, maß ohne Propeller knappe vierzig Zentimeter und sah nicht so aus, als könnte man eine Schusswaffe daran montieren. Generell wäre so eine Konstruktion theoretisch denkbar, aber ich hatte vor lauter Langeweile da wirklich recherchiert. Zu Mordversuchen mit bewaffneten Drohnen fand sich im Verbundsystem aller sechzehn Bundesländer kein einziger Eintrag. Das Gleiche auf EU-Ebene. Bei Google hingegen wurde ich fündig. Anfangs fand ich lediglich Einträge, die sich mit militärischen Drohneneinsätzen oder dem Pro und Kontra der Anschaffung bewaffneter Drohnen für die Bundeswehr beschäftigten. Aber nachdem ich die Suche etwas spezifiziert hatte, entdeckte ich einige interessante Artikel: Offensichtlich hatte der IS in Syrien eine Einheit unterhalten, die den Einsatz ziviler Drohnen als Waffe untersuchen sollte. Zwar wurden die meisten Drohnen für Aufklärungsflüge in feindliches Gebiet verwendet, doch in Syrien hatten sie wohl auch einige Drohnen mit Sprengsätzen und einer Vorrichtung, die diese in feindliche Stellungen fallen ließ, ausgestattet. Aber selbst an dieser, im Vergleich zur Anbringung einer Schusswaffe, recht primitiven Konstruktion hatte ein ganzes Team lange gearbeitet. Trotz beträchtlicher Ausgaben gab es offensichtlich zahlreiche Rückschläge. Das Programm lief viele Monate, bis man erste »Erfolge« mit Sprengstoffdrohnen erreichte. Es erschien mir äußerst unwahrscheinlich, dass eine Einzelperson etwas Ähnliches im Alleingang konstruiert und damit einen nahezu perfekten Mord durchgeführt haben sollte.

Nach allem, was ich gelesen hatte, musste ich Ann-Sophie wohl beipflichten, dass ein Mordanschlag mit bewaffneten Drohnen (hoffentlich noch lange) ein überdrehtes Hirngespinst war. Und auch Mayer hatte damit recht, dass es für den Drohnenflug um die Villa tausend Gründe geben konnte, die vermutlich nichts mit dem Mord zu tun hatten. Außerdem war die Chance, den Drohnenpiloten ausfindig zu machen, gleich null. Denn wenn kein logischer Zusammenhang mit dem Mord erkennbar war, wäre nicht gerechtfertigt, wochenlang mehrere Polizisten mit der Identifizierung der Drohne und der anschließenden Befragung etlicher Händler nach Käufern dieses Exemplars zu beschäftigen.

Als es an der Bürotür klopfte, fürchtete ich schon, es wäre Mike, den ich mit der Beschlagnahmung weiterer Bänder aus der gut betuchten Nachbarschaft von Wöhrle beauftragt hatte. Auf noch mehr Videos hatte ich überhaupt keinen Bock. Doch es war Sascha, unser Ballistiker aus Freiburg, der seinen kantigen Kopf durch die Tür steckte.

»Hallo zusammen«, rief er Ann-Sophie und mir mit einem schiefen Grinsen zu. Sascha sah auf den ersten Blick gefährlicher aus als achtundneunzig Prozent der

Verbrecher, mit denen wir es zu tun hatten. Er war sozusagen fleischgewordenes Testosteron. Schwarzes Haar im akkurat getrimmten Militärschnitt, volle Augenbrauen, Boxernase, breites Kinn. Darunter ein nicht besonders groß gewachsener, aber muskelbepackter Körper, mittlerweile mit einem leichten Bierbauchansatz, der die Bauchmuskeln zwar verbarg, aber der Rest seiner Statur ließ keinen Zweifel daran, dass sie unter der Speckschicht vorhanden waren. Über den ganzen Oberkörper zogen sich großflächige Tattoos bis hinauf in den Nacken.

»Ihr habt mir vielleicht schlaflose Nächte bereitet. Aber ich glaube, ich hab jetzt Gewissheit und darf euch eine Premiere verkünden!« Dabei wedelte er mit einer Patrone in einem Plastikbeutelchen umher.

»Inwiefern ist diese Patrone etwas Besonderes?«, fragte Ann-Sophie.

»Diese Patrone, meine Liebe«, Saschas dunkle Augen leuchteten geheimnisvoll, »ist so stinknormal langweilig, wie eine Patrone nur sein kann. Neun mal neunzehn Millimeter Luger von Heckler & Koch. Nichts findest du in Deutschland häufiger. Aber die Hülle weist praktisch keinerlei ballistisches Profil auf.«

»Okay …« Ann-Sophie schien Saschas sprühende Begeisterung nicht ganz teilen zu können. »Aber das ist doch schei… äh, schlecht, oder? Ohne diese Rillen kann man sie doch keiner Waffe zuordnen.«

»Genau so sieht es aus«, antwortete Sascha, wirkte dabei aber nicht sonderlich verzagt und fuhr auch gleich fort: »Aber wenn man davon ausgeht, dass alle normalen Waffen eine ballistische Spur hinterlassen, diese aber keine hat, lässt sich daraus doch schließen, aus was für einer Waffe sie abgefeuert wurde.«

»Aus einer abnormalen Waffe?«, riet ich höchst kreativ.

»Nicht schlecht, was wäre denn eine abnormale Waffe?«

»Ich habe keine Ahnung.«

»Eigentlich sollten Waffen generell etwas Abnormales sein«, meinte Ann-Sophie.

Es sprach für Saschas gute Laune, dass er diese Steilvorlage zu einer Diskussion über Waffenrecht einfach überging. Sascha hatte nämlich sein Hobby zum Beruf gemacht, wie man so schön sagt. Ich war nur ein Mal bei ihm zu Hause gewesen, vor zwei Jahren auf einem großen Grillfest anlässlich seines Vierzigsten. Sascha hatte auf seinem Fünftausend-Euro-Weber-Gasgrill einen halben Bauernhof den Flammen geopfert. Wenn man sich schon so ein teures Teil gönnt, muss man es ja auch nutzen. Die Schweinelendchen in der Salzpfefferkruste waren jedenfalls viehmäßig gut gewesen. Als ich auf der Suche nach dem Klo durch Saschas Haus streunte, hatte ich mich direkt in ein militärhistorisches Museum versetzt gefühlt. Die ganze Wohnung strotzte nur so vor Waffen. Vor allem historische Hinterlader, aber auch teutonische Schwerter, türkische Säbel oder slawische Glefen (wie mir Sascha später erklärte).

Die wirklich gebrauchsfähigen waren natürlich im Waffenschrank verschlossen. Kurzum, Sascha war absoluter Experte oder Waffennarr, je nachdem, wie kritisch man seiner Leidenschaft gegenüberstand, und verstand auch sein berufliches Handwerk: die Beurteilung von Patronen anhand der Spurrillen, die jeder Lauf dem Geschoss aufdrückt und es so einer Schusswaffe zuordenbar macht – analog zum Fingerabdruck eines Menschen.

»Nun, zum Glück habt ihr ja mich.« Sascha strahlte eine derart diebische Freude aus, dass sein gefährliches Aussehen zumindest ein wenig abgemildert wurde.

Der erste Eindruck, den er auf mich gemacht hatte, trog ohnehin. Jedenfalls teilweise. Einiges schien gut zum oberflächlichen Macho-Image zu passen, ja dieses sogar noch zu unterstreichen. Nicht nur die Waffen, die Sascha eigentlich gar nicht nötig hatte. Er selbst war eine Waffe. Sascha war mit Leib und Seele Kickboxer, hatte etliche Turniere gewonnen.

Aber es gab auch einen ganz anderen Sascha. Einen, der mit viel Liebe das Blumenmeer in seinem wunderschönen Garten hegte und pflegte. Diese Vorstadt-Oase war sein ganzer Stolz, und das mit Recht. Außerdem erfreute er sich bei den Freundinnen seiner kleinen Tochter größter Beliebtheit, weil er sich nicht zu schade war, als Reittier, Schminkmodell oder humanoides Klettergerüst herzuhalten.

Nun fuhr er begeistert fort: »So etwas hatte ich noch nie, und es hat mich rasend gemacht, weil ich nicht verstanden habe, wieso es keinerlei Spuren gibt. Aber dann kam mir eine Idee. Ich habe die ganze Nacht recherchiert und mich sogar mit Experten aus den USA ausgetauscht.«

Jetzt war ich wirklich gespannt.

»Die Patrone hat deshalb keinerlei ballistisches Profil, keine Spurrillen und nichts, weil sie nicht einen gehärteten Stahllauf, sondern einen aus recht weichem Kunststoff durchflogen hat.« Sascha grinste triumphierend.

Ich verstand immer noch nicht. »Aber ist das nicht eine schlechte Idee, einen Lauf aus weichem Kunststoff zu bauen?«

»Absolut! Aber man kann ja keine tausendzweihundert Grad Celsius heiße Stahllegierung in den 3D-Drucker füllen.«

»Du meinst, die Waffe wurde von einem 3D-Drucker gedruckt?«

»Ich bin mir mittlerweile ziemlich sicher, dass es so
war. Dafür spricht auch, dass das Geschoss nicht die er-
wartete Durchschlagskraft hatte.«

»Aber um einen Menschen zu töten, reicht es trotzdem.
Ich finde das echt beängstigend, dass man sich einfach
so im Internet einen Plan für eine Waffe zum Selbstaus-
drucken beschaffen kann«, meinte Ann-Sophie.

»Ist das wirklich so einfach?«, erkundigte ich mich.

»Nun ja, wenn man weiß, wo man suchen soll, ist es
nicht besonders schwer. Und es wird immer einfacher. Zu
unserem Glück sind ganz viele Pläne auch Schrott. Nach
wenigen Schüssen ist mindestens die Präzision hinüber,
wenn sie je da war. Man muss die Waffe ja aus vierzehn
bis zwanzig einzeln gedruckten Teilen zusammenbauen,
wobei zumindest der Schlagbolzen nicht gedruckt werden
kann, der muss zwingend aus Metall sein. Wenn da nicht
alles perfekt sitzt, ist nicht nur die Flugbahn der Kugel
ungenau, sondern das Abfeuern wird selbst für den Schützen saugefährlich. Je öfter man schießt, desto größer die
Wahrscheinlichkeit, dass es die Plastikpistole in deiner
Hand zerfetzt und man sich üble Splitter einfängt. Aber
nicht selten führen die Druckpläne absichtlich nicht zum
gewünschten Ergebnis.«

»Wieso das denn?«

»Das ist vor allem das Verdienst von TWBA, einer
französischen Werbeagentur. Die hat Waffen aus dem
3D-Drucker den Kampf angesagt und Hunderte Pläne
leicht abgeändert ins Netz gestellt. Man kann nicht erkennen, dass die Einzelteile verändert wurden, aber am
Schluss kommt keine schussfähige Waffe raus. Ziemlich
frustrierend für Leute, die solche Waffen bauen wollen.
Und so effizient, dass mittlerweile mehrere Sicherheits-
behörden den Plan übernommen haben. Das heißt, man

muss vielleicht ein bisschen ausprobieren, bis man etwas Funktionsfähiges hat.«

»Das klingt jetzt nicht so prickelnd.«

»Nein, zum Glück nicht. Also, für richtige Schusswaffen sind diese Plastikdinger ohnehin keine Konkurrenz, aber für Leute, die sonst nie an eine Knarre kämen oder die eine ohne Registriernummer brauchen, die somit nicht nachverfolgt werden kann, ist es immer noch ein Weg.«

»Sind solche Waffen denn schon sehr verbreitet?«

»Hmm, so genau weiß das keiner. Die sind ja eben nirgends registriert. Aber zumindest was die Anzahl der bekannten Fälle angeht, sieht es nicht danach aus.«

»Das heißt, über die Waffe kommen wir nicht weiter. Im Prinzip könnte sich ja jeder so eine Waffe gedruckt haben.«

»Zumindest jeder mit etwas technischem Geschick und einem 3D-Drucker im Hobbykeller.«

»Na toll, das trifft im Umfeld eines Leiters für technische Entwicklung bei einem Hightech-Konzern vermutlich auf die meisten Leute in seinem Umfeld zu. Jemand mit Waffenschein wäre da eher rausgestochen.«

»Frau Klett, Wendelin, auf ins Verhörzimmer. Ich hab da was für euch. Aber wartet noch kurz, bis Herr Mayer auch zugegen ist«, rauschte der Schondelmaier Kurt da ins Büro und war auch so schnell wieder verschwunden, wie er gekommen war.

»Ach, das muss dieser Drogendealer sein, den die Kollegen heute Morgen dingfest gemacht haben«, kombinierte meine kluge Kollegin.

Okay, da musste Mayer tatsächlich dabei sein. Und wir natürlich auch, denn es konnte sich hierbei um die Quelle von Wöhrles Kokain handeln. Deshalb verabschiedeten wir uns von Sascha und eilten zum Verhörraum. Nicht dass Mayer ohne uns loslegte.

»Verdammt!«, entfuhr es mir, als ich durch die blinde Scheibe des Verhörraums blickte. Irritiert sah Ann-Sophie mich an.

»Och nö!« Nun hatte auch Ann-Sophie den schlohweißen Haarschopf in edlem Zwirn erkannt, der mein Ärgernis erregt hatte. »Nicht der schon wieder!«

Da marschierte Joachim Mayer ein. »Halt, Kollegen, das ist meine Baustelle! Ihr bleibt schön im Hintergrund!«

Wir betraten den Verhörraum. In diesem Fall überließ ich Mayer liebend gerne das Feld. Sollte er sich doch die Zähne ausbeißen.

»*Ah, Commissario Wisser! Buona giornata a tutti. Signorina Klett*«, der schlohweiße Haarschopf zwinkerte Ann-Sophie zu, »immer schön, Sie zu sehen.«

»Und Sie sind?«, blaffte Mayer. Augenscheinlich schien er beleidigt zu sein, als Einziger nicht mit Namen begrüßt worden zu sein.

»*Mi scusi!* Maniscalo mein Name, Rechtsanwalt. Sie haben bestimmt schon von mir gehört.«

Falls Mayer das hatte, ließ er es sich zumindest nicht anmerken. »Ist ja eigentlich auch egal«, sagte er, was Maniscalo zu einem irritierten Zurechtrücken seiner Steinmeier-Gedächtnisbrille veranlasste. »Um Sie geht es hier ja nicht. Also, wen haben wir denn da?«

Wir wandten uns zu dem dürren Bürschchen, das bisher durch die autoritäre Präsenz von Herrn Maniscalo komplett in den Hintergrund gedrängt worden war.

»Nick Singler«, murmelte der Junge, der zusammengesunken am Tisch saß und nervös mit den Kordeln seines schwarzen Hoodies mit Run-DMC-Logo spielte. Einen Drogendealer hatte ich mir irgendwie anders vorgestellt.

»Ein bisschen lauter, bitte schön! Und schau mich gefälligst an, wenn ich mit dir rede«, fuhr Mayer ihn an.

»Na, na, Signor Commissario, Sie sind aber, na ja, wie sagt man ... *frettoloso*. Nun, sehr voreilig. Ich weiß ja nicht, wie das in Deutschland ist, aber in Italien kennen wir es so, dass sich erst mal alle vorstellen, und wenn ich mich recht entsinne, haben *Sie* Ihren Namen bisher nicht genannt.«

Das versprach amüsant zu werden. Ann-Sophie grinste mich verstohlen an, sie schien das Gleiche zu denken.

»Mein sehr verehrter Herr Anwalt«, erwiderte Mayer mit zuckersüßer Stimme, »ich denke, Sie halten jetzt mal Ihre Klappe. Wenn Ihr Mandant Sie braucht, wird er sich schon melden.«

»Signore, Signore, Sie wissen wohl wirklich nicht, mit wem Sie reden«, tadelte Maniscalo kopfschüttelnd. »Mein Mandant wird gar nichts sagen. Stimmt's?«

Nick Singler nickte brav.

»So läuft das hier nicht! Junge, du packst jetzt aus, aber so richtig. Woher beziehst du das Kokain?«

»Welches Kokain?«, fragte Maniscalo an Singlers Stelle gespielt unwissend.

Man reiche mir bitte das Popcorn.

»Das, das in seiner Hosentasche gefunden wurde!«, rief Mayer, dessen Kopf immer röter wurde.

»Ach, Sie meinen diese winzige Menge für den Eigengebrauch? Ich denke, nach Paragraf 31a BtMG sprechen wir hier von Geringfügigkeit«, sagte Maniscalo und zwinkerte seinem Mandanten, der immer tiefer in den Sitz rutschte, siegessicher zu.

»Wir haben Hinweise, dass das Zeug von dem Jungen hier verkauft wird.«

»Hinweise? *Mi scusi*, aber ›Hinweise‹ reichen nicht. Welche Beweise haben Sie denn? Und mal ganz im Ernst, sieht dieser *ragazzo* hier wie ein Drogendealer aus?«

»Dazu würde ich ihn ja gerne mal selbst befragen!« So langsam schlich sich Verzweiflung in Mayers Stimme. »Junge, sprich mit mir!«

»Sie sagen kein Wort, Nick!«, wies Maniscalo Singler an, der unsicher zwischen Kommissar und Anwalt hin- und herblickte. »Ich sag ja gar nix!«, murmelte der.

»So, Beweise, Commissario!«

»Ich sehe, du hast das im Griff«, sagte ich und klopfte Mayer aufmunternd auf die Schulter. »Ich denke, wir können die Herren hier allein weitermachen lassen, Ann-Sophie. Schön, Sie mal wieder getroffen zu haben, Signor Maniscalo!«

Mit Ann-Sophie im Schlepptau verließ ich den Verhörraum. Meine bisherigen Begegnungen mit Maniscalo hatten gezeigt, dass dieser Mann wirklich ein extrem harter Brocken war. Joachim Mayer würde nichts Brauchbares aus ihm herausbekommen. Außerdem ahnte ich sowieso, wer hier die Fäden zog. Von unserem letzten Fall war uns noch bekannt, dass Maniscalo ausschließlich die Interessen der Santoro-Familie vertrat. Aber ob das auch eine Spur im Mordfall Boris Wöhrle war? Das erschien mir eher unwahrscheinlich.

Sieben

Bereits am Vormittag hatten wir beschlossen, den heutigen Morgen mit einer Teamsitzung zu beginnen, in der wir alle bisherigen Ermittlungsergebnisse noch mal bündeln und besprechen wollten, um uns auf unser weiteres Vorgehen zu verständigen. Denn ehrlich gesagt, so eine ganz heiße Spur hatten wir gerade nicht. Joachim Mayer ließ sich entschuldigen, er hatte einen Termin beim Staatsanwalt. Irgendeine Dienstaufsichtsbeschwerde wegen grober Formfehler beim Verhör. Wer diese wohl eingereicht hatte?

Mein Mitleid hielt sich in Grenzen. Mayers Fehlen war einer ungezwungenen Stimmung, in der man auch mal eine dumme Idee äußern durfte, auf jeden Fall zuträglich. Mike und Ann-Sophie hatten es sich auf Polsterstühlen bequem gemacht, ich stand neben zwei großen Stellwänden, an denen unsere spärlichen Ermittlungsergebnisse prangten.

»So, Leute, Ziel unseres trauten Zusammenseins ist erst mal, uns einen gemeinsamen Überblick zu verschaffen, zu schauen, ob sich irgendwelche Fragen oder Ungereimtheiten auftun.« Ich hielt einen Moment inne. »Daraus ergeben sich anschließend hoffentlich Ermittlungstätigkeiten, die wir angehen sollten. Wichtiges Ziel ist hierbei eine Priorisierung. Also eine gemeinsame Entscheidung, welche Spur uns am heißesten erscheint und worauf wir uns in den nächsten Tagen am meisten fokussieren werden.«

Ganz oben auf der linken Pinnwand prangten nach wie vor die Gesichter der beiden Hauptverdächtigen, für die bisher die meisten Indizien sprachen. Max und Andre. »Von den ausgesprochen wenigen Spuren, die wir haben, weist die eindeutigste weiterhin zu Max und Andre. Beide wurden gefilmt, wie sie in das Grundstück einbrachen, allerdings ist nicht zu sehen, dass sie *in* die Villa gelangten.«

»W–« Ann-Sophie wollte intervenieren, aber ich fuhr fort.

»Weil Andre eine der Kameras, die das hätte filmen können, mit einer Plastiktüte, auf der seine Fingerabdrücke drauf waren, verhüllt hat. Sorry, ich werde mir beste Mühe geben, die Sache ganz unvoreingenommen zu bewerten. Ich weiß, dass ich das nicht restlos kann, daher bitte ich euch darum, mir zu zeigen, wenn ich zu sehr Scheuklappen aufhabe. Mike, du hast in dieser Runde volles Stimmrecht. Ihr könnt mich nachher also bei der Bewertung der einzelnen Spuren überstimmen.

Wir wissen, dass die Tatwaffe aus einem 3D-Drucker stammt. Max besitzt keinen, weder privat noch in der Firma, und ich wüsste auch nicht, wo er Zugang zu einem haben sollte. Man kann ja nicht irgendeinen Bekannten darum bitten, mal schnell eine funktionstüchtige Knarre auszudrucken. Von Andre weiß ich es nicht, aber zu ihm würde der Besitz von so technischem Schnickschnack durchaus passen. Vermutlich wäre er auch in der Lage, sich im Netz einen Bauplan zu besorgen, den auszudrucken und zusammenzubauen, auch wenn er generell wirklich mehr der Theoretiker ist und zwei linke Hände hat. Aber ich vermute mal, das wurde alles längst von unserem lieben Herrn Mayer überprüft.«

»Jepp.« Ann-Sophie blätterte ein wenig in den Kopien von Mayers Ermittlungsakte über Max und Andre. »Bei der Hausdurchsuchung von Andre Fischer wurde kein 3D-Drucker gefunden. Er und seine Eltern sagen alle aus, dass er so was nicht besitzt. Auch die Durchsuchung des Laptops brachte keine Hinweise darauf, dass sich Andre mit dem Thema beschäftigt haben könnte. Allerdings konnte nachgewiesen werden, dass Andre in den letzten Monaten gelegentlich die Dienste von Proxy-Servern in Anspruch genommen hat.«

»Das heißt?«, fragte Mike.

»Das heißt, dass er, ohne für uns verwertbare Spuren zu hinterlassen, vollkommen anonym im Netz unterwegs war.«

»Das machen heute viele, denen Datenschutz sehr wichtig ist. Andre ist so einer, der hat aus diesem Grund weder WhatsApp noch Facebook. Vielleicht wollte er einfach irgendwelchen Schweinkram schauen.«

»Beim Surfen über Proxy-Server wird deine IP-Adresse über etliche Zwischenstationen geleitet, sodass die ursprüngliche IP-Adresse nicht mehr identifizierbar ist. Das geht allerdings stark zulasten der Übertragungsrate. Nicht so geeignet, um Videos zu streamen, aber wer weiß. Fakt ist, Andre hat Programme benutzt, um anonym zu surfen, was nahelegt, dass er vielleicht irgendwas getan hat, was nicht ganz koscher oder gesellschaftlich akzeptiert ist. Andererseits haben wir keinerlei Beweise, dass das für unseren Mordfall interessant sein könnte«, folgerte Ann-Sophie.

»Wie gesagt, bisher weisen die meisten Spuren in Richtung Andre und Max. Allerdings lässt sich für alle eine plausible Erklärung finden, zum Beispiel mit der Poolparty. Und es mangelt komplett an einem Motiv … Eine Schubserei unter Alkoholeinfluss ist kein Mordmotiv«, ergänzte ich schnell, als Mike den Mund aufmachte.

»Ja, okay, das kann man so stehen lassen«, lenkte er ein.

»Können wir uns dann den anderen Spuren widmen?«

»In Ordnung«, sagte Ann-Sophie, und Mike nickte zustimmend.

»Spur zwei führt zu MALAD. Indizien dafür gibt's eigentlich keine. Verdächtig wäre natürlich Frau Dr. Binninger, die diejenige zu sein scheint, die am meisten von Wöhrles Tod profitiert und neue Entwicklungschefin wird. Ich habe ihr Alibi überprüft, und ihr Mann bestätigt, dass sie in der fraglichen Nacht zu Hause war und neben ihm schlief. Er geht jede Nacht mindestens einmal aufs Klo und kann sich nicht vorstellen, dass seine Frau, ohne dass er es bemerkt hätte, das Haus verlassen und später zu ihm ins Bett zurückgekehrt sein könnte.«

»Das sagt er natürlich, aber ob das stimmt?«, wandte Mike ein.

»Selbst wenn er so einen leichten Schlaf hätte, dass ihm das Verschwinden seiner Frau aufgefallen wäre, ist es gut möglich, dass er sie in Schutz nehmen und nicht wollen würde, dass gegen sie ermittelt wird. Da sie verheiratet sind, wäre das nicht strafbar. Alibis von schlafenden Ehepartnern sind so ziemlich die schwächste Form von Alibi überhaupt«, warf Ann-Sophie ein.

»Es gibt noch weitere Gründe, die für einen Täter im geschäftlichen Umfeld sprechen. Wöhrles Abgang zur Konkurrenz. Von dem hätte eigentlich niemand wissen dürfen, aber auszuschließen wäre es nicht, dass sich Wöhrle jemandem anvertraut hat.«

»Das würde die Binninger aber eher entlasten, da sie ja die Stelle dann so oder so bekommen hätte.«

»Wenn sie davon gewusst hätte, was sie angeblich nicht hat. Aber ja. Hier scheint es noch ein paar offene Fragen zu geben. Auf jeden Fall sollten wir Frau Binninger und andere Kollegen mit dem Weggang von Wöhrle zu Conti konfrontieren. Mal schauen, ob jemand nervös wird und sich auffällig verhält.« Ich notierte das auf die Tafel und fuhr fort. »Gibt es sonst noch etwas Konkretes zur Spur bei MALAD?«

Allgemeines Kopfschütteln.

»Okay, dann kommen wir zu Raphael Zimmermann beziehungsweise einer seiner Persönlichkeiten – dem Joker. Als Indiz haben wir eine Zeugenaussage und seine Bestätigung, dass er Boris Wöhrle über längere Zeit überwacht hat und seine Joker-Persönlichkeit ihn wohl für eine Gefahr oder eher seinen Erzfeind hält. Ein Mordmotiv?«

»Dass Wöhrle ein bisschen einen auf Batman macht und deshalb der Joker in Erscheinung tritt, reicht vor keinem Richter der Welt als Mordmotiv aus«, warf Ann-Sophie ein.

»Ich weiß nicht, ob die Batman/Joker-Story als Mordmotiv zählt. Für mich ist es eher der Umstand, dass der Kerl komplett irre ist. Ich weiß nicht, wozu der fähig ist. Aber grundsätzlich würde ich ihm am ehesten einen Mord zutrauen.«

»Komplett irre finde ich ziemlich geringschätzig«, warf Ann-Sophie tadelnd ein. »Zimmermann wurde schon als Kleinkind schwer misshandelt, über Jahre! Er ist psychisch krank – und dass das ein Kind allein nicht verarbeiten kann und sich da als Schutzmechanismus mehrere Persönlichkeiten abgespalten haben, ist nur nachvollziehbar und er erst mal ein tragisches Opfer!«

»Das tut mir ja auch leid. Ich war nicht gerade feinfühlig in meiner Ausdrucksweise und pflichte dir voll und ganz bei. Zimmermann ist ein armer Kerl, dem so Schlimmes widerfahren ist, dass ich mir das gar nicht ausmalen möchte. Aber wir wissen auch, dass Opfer nicht selten später zu Tätern werden.«

»Da hat Wende recht«, pflichtete mir Mike bei. »Und der Joker ist nun mal irre. Also diese Persönlichkeit von ihm, die sich da austobt, könnte durchaus sein Ventil sein, seine Aggressionen und seine Wut rauszulassen. Genau dafür steht ja der Joker in den Batman-Filmen – für Chaos, Hemmungslosigkeit und Gewalt, gerade an denen, die sich für was Besseres halten.«

»Das trifft definitiv auf Zimmermann zu«, musste Ann-Sophie eingestehen. »Ich muss echt mal meine Blockbuster-Wissenslücken füllen, mit diesen Superhelden kenne ich mich gar nicht aus.«

»Ich hab »The Dark Knight Rises« auf DVD. Bring ich dir morgen gerne mit«, bot Mike sogleich eifrig an.

»Ich würde zu gern mal Zimmermanns Wohnung untersuchen«, überging ich Mike. »Da würden wir bestimmt etwas Verdächtiges finden, wenn er es denn war. Seine Festplatte, die besuchten Seiten im Netz. Ich bin mir sicher, da ist was. Aber Ann-Sophie hat leider recht. Die Joker-Sache reicht nicht mal annähernd für einen Durchsuchungsbeschluss aus. Wir wissen ja bisher noch gar nicht, ob Zimmermann überhaupt in der Tatnacht vor Ort war. Apropos, warum wissen wir das eigentlich nicht? Hat jemand daran gedacht, einen Funkzellenabgleich mit seiner Nummer durchzuführen?«, fragte ich geschockt, da mir die Idee erst jetzt kam.

»Ich«, meldete sich Ann-Sophie zum Glück zu Wort. Auf sie war eben Verlass. »Habe aber leider auch erst gestern dran gedacht. Vor nächster Woche kommt da sicher nichts. Für die Binninger habe ich natürlich auch gleich angefragt, aber das ist wohl zwecklos. Die ist viel zu schlau und würde ihr Handy nie zu einem Mord mitnehmen. Das weiß mittlerweile ja wirklich jeder, dass so was heutzutage Routine ist. Möglich, dass auch Raphael Zimmermann klug genug war, sein Handy zu Hause zu lassen. Andererseits wäre der Mord durch ihn ja gar nicht richtig geplant gewesen, sondern ergab sich aus der Gelegenheit, die sich durch die von Andre verdeckte Kamera bot. Ich denke, es ist für uns schwer einzuschätzen, wie planvoll man vorgehen kann, wenn dauernd eine andere Persönlichkeit das Ruder übernehmen kann. Vermutlich waren sogar deine Kumpels intelligent genug, bei ihrer nächtlichen Einbruchsaktion ihr Handy zu Hause zu lassen.«

»Mhm, nee«, antwortete Mike, während er die Kopie von Mayers Ermittlungsergebnissen durchblätterte. »Gestern kam die Antwort auf die Funkzellenabfrage rein. Die Handys von Andre und Max waren beide zur Tatzeit in der betreffenden Kollnauer Funkzelle eingeloggt. Eigentlich sogar die ganze Nacht bis kurz nach sechs Uhr morgens.«

»Nun ja«, grinste Ann-Sophie mich frech an, »Gleich und Gleich gesellt sich gern, habe ich gehört.«

Wie war denn das jetzt gemeint?

»Hey!«, hielt ich empört entgegen. »Die sind nicht doof und ich schon mal gar nicht. Die sind einfach unschuldig. Deswegen haben die sich keinen Kopf um ihre Smartphones gemacht.«

»Da muss ich Wendelin recht geben«, meinte auch Mike. »Das ist zu dumm. Daran denkt man doch, wenn man einen Mord plant.«

»Ja, das hatten wir ja schon, dass die zahlreichen primitiven Spuren, die die zwei hinterlassen haben, so gar nicht zu einem geplanten Mord passen und auch nicht zu dem Fehlen jeglicher Spur, mit der wir die beiden in einen direkten Zusammenhang mit dem Mord bringen könnten. Trotzdem ist es irgendwie komisch, dass wir die glasklaren Spuren in Richtung Andre und Max eher als Beweise für ihre Unschuld auslegen denn als Indizien, die sie als Täter entlarven.«

Da hatte Ann-Sophie schon recht.

»Okay, warten wir erst mal auf die anderen Handydaten. Wir sollten uns auch noch mal intensiver mit Zimmermanns Psychologin unterhalten. Vielleicht erfahren wir da noch mehr über seine Joker-Persönlichkeit oder seine anderen Persönlichkeiten.« Ich notierte fett »Wie kommen wir an Durchsuchungsbeschluss« hinter »Spur 3 – Raphael Zimmermann«.

»Ist Wöhrles Kokainkonsum eine Spur?«, warf Mike ein.

»Vorerst nicht«, meinte Ann-Sophie.

»Ich wüsste auch erst mal nicht, was ich hier notieren sollte. Wenngleich ich dem Santoro-Clan, der da hundertprozentig seine Finger im Spiel hat, zu gern eins auswischen würde.«

»Das kann ich zwar verstehen, aber Stand jetzt steht das in keinem Zusammenhang zu Wöhrles Ableben, und wenn sich auch mit etwas Phantasie hier womöglich etwas konstruieren lassen würde, kann ich vorerst keinerlei Mordmotiv erkennen, das mit Kokain in Verbindung steht.«

»Gut. Sonstige Spuren? Nach Lehrbuch fehlen hier irgendwie die Familienangehörigen, andere enge Beziehungen. Aber ehrlich gesagt, scheint unser Opfer trotz seines guten Aussehens so was nicht richtig gehabt zu haben. Seine Freundinnen waren mehr Affären, die wohl auch eher Spaß als die Liebe des Lebens in ihm gesehen haben, wenn ich mir die Aussagen in Joachims Vernehmungsprotokollen so anschaue. Die einzigen Erben sind seine ohnehin schon reichen Eltern und vor allem die Bank, bei der er den Kredit für das Haus und den Lamborghini aufgenommen hat.«

»Irgendetwas Interessantes im Befragungsprotokoll von Kollege Mayer und Wöhrles Eltern?«

»Eigentlich nicht.«

»Ich habe ja in der Polizeischule gelernt«, meldete sich Mike zu Wort, »dass Partner und Familienangehörige zwar die häufigste Tätergruppe bei Mord sind, aber immerhin knapp ein Drittel der Tötungsdelikte auch auf Täter zurückzuführen sind, die das Opfer praktisch gar nicht kennen. Dann tappen wir noch total im Dunkeln.«

»Da hast du zwar grundsätzlich recht«, entgegnete ich, »aber im Fall von Boris Wöhrle halte ich das für fast ausgeschlossen. Denn auch diese Mörder haben natürlich ein Motiv, und was sind die klassischen Mordmotive, junger Padawan?«, fragte ich Mike scherzhaft ab.

»Öhm …«, überlegte Mike kurz, »sexuelle Motive – okay, die fallen hier weg. Gier …«

»Im Fall von unbekannten Tätern wäre das dann Raubmord. Da nichts entwendet wurde, fällt das wohl aus. Bleibt zu guter Letzt eigentlich nur noch Mordlust, also Spaß an Grausamkeit, Gewalt, Macht.«

»Jemandem schlafend oder eben aufgewacht in den Kopf zu schießen … das klingt jetzt etwas makaber, aber das ist viel zu kurz und schmerzlos für Täter mit dieser Motivation. Die wollen die Angst ihres Opfers und ihre Macht darüber auskosten.«

»Es gibt noch Rachsucht und Eifersucht«, fiel Mike ein.

»Ja, mein Lieber, aber Rache und Eifersucht sind nun mal nie Motive von Fremden, sondern ausschließlich von Tätern, die eine Beziehung zum Opfer pflegten.«

»Rache und Eifersucht scheinen bei unseren derzeitigen Tatverdächtigen und den wenigen Beziehungen, die Boris Wöhrle in den zwei Jahren hier im Elztal hatte, keine Rolle zu spielen. Aber vielleicht gibt es ja irgendein uns unbekanntes Ereignis, das schon länger zurückliegt«, überlegte Mike.

»Hmm, das stimmt.« Ich ergänzte eine entsprechende Notiz auf unserer Stellwand. »Wenn wir eine aktuelle Beziehungstat ausschließen, bleiben noch Neid und Gier sowie Machtstreben. Da nichts gestohlen wurde, sind das alles Motive, die eher im Beruflichen als im Privaten eine Rolle spielen.«

»Das passt ja auch zu Wöhrles Lebenswandel. Wie es scheint, war er ein richtiger Workaholic, der einzig für seine Karriere gelebt hat«, gab Ann-Sophie zu bedenken.

»Auch Rache wäre ein denkbares Motiv, das bei Wöhrles steilem Aufstieg eine Rolle spielen könnte«, ergänzte Mike.

»Mir fällt da noch ein Motiv ein: Wahn. Ich weiß nicht, ob das in euren Lehrbüchern steht, aber ich denke, das kann man in unserem Fall mal festhalten – und es ist klar, wem ich das zuordnen würde.«

Nach längerem nachdenklichem Schweigen meldete sich Ann-Sophie erneut zu Wort. »Wenn ich mir die Motive anschaue, sehe ich die meisten und wahrscheinlichsten möglichen Überschneidungen zu Neid, Machtstreben, Rache, vielleicht auch Gier, bei MALAD zusammenlaufen. Ob Frau Dr. Binningers Kränkung und Machtstreben oder der Umstand, dass Wöhrle mit all seinem Insiderwissen zur Konkurrenz wechseln wollte, starke Motive sind? Ich weiß nicht recht. Aber wir haben ja auch nur an der Oberfläche gekratzt. Vielleicht gibt es noch etwas anderes, was das Fass zum Überlaufen gebracht hat. Wer weiß? Vielleicht wollte Wöhrle zum Abschied irgendjemandem noch mal richtig eins reinwürgen, weil er schon wusste, dass er bald weg sein würde. Vielleicht hatte er dort eine Affäre am Laufen. Wollte er die Binninger gar loswerden oder hat mit jemandem im Vorstand geschlafen oder jemanden erpresst und kam so an den begehrten Job?«

»Ich sehe das ähnlich. Außerdem wissen wir, dass Joachim Mayer Max und Andre bis aufs Mark durchleuchtete, während er die anderen Spuren eher vernachlässigt hat. Daher würde ich diese Spur erst mal nicht weiterverfolgen. Und was unseren Joker angeht … Puh, ich weiß einfach nicht, wie man den einschätzen kann. Er ist auf jeden Fall komplett auf unser Mordopfer fixiert gewesen. Andererseits ist es ein beträchtlicher Unterschied, ob ich jemanden stalke oder ermorde. Auch die Planung des Ganzen: Er musste sich ja die Waffe besorgen … Ach, keine Ahnung. Ich verstehe das nicht ganz. Die Psychiaterin meinte, dass seine Hauptpersönlichkeit nicht weiß, was der Joker tut, wenn er übernimmt. Aber bekommen die anderen wirklich gar nichts mit? Ich meine, sie sehen oder bemerken doch zumindest manchmal das Resultat seiner Handlungen oder sehen vielleicht, womit er sich beschäftigt hat. Aber selbst wenn sie so was wie eine Ahnung hätten, dass die Joker-Persönlichkeit etwas so Schlimmes wie einen Mord begangen haben könnte: Würden sie ihn decken, wenn sie etwas wüssten? Sein anderes Ich, wenn man das so sagen darf, wirkt ja eigentlich vollkommen normal.«

»Hmm, ich denke, es stimmt, dass seine Alltagspersönlichkeiten nicht wirklich wissen, was der Joker tut«, sagte Ann-Sophie, »und selbst wenn ihnen etwas auffallen würde, zum Beispiel, wenn sie die Pistole aus dem Drucker irgendwo finden oder feststellen sollten, dass sie sich schon wieder vor Wöhrles Haus befinden: Ich würde die Joker-Persönlichkeit nicht verraten, denn die anderen Persönlichkeiten müssten ja Angst haben, sozusagen »unschuldig« in den Knast beziehungsweise für unbestimmte Zeit in die geschlossene Anstalt zu wandern. Oder sie fürchten sich vielleicht sogar vor der Rache der Joker-Persönlichkeit?«

»Da hast du recht. Verrückte Vorstellung«, murmelte ich nachdenklich. »Um unsere Besprechung zum Abschluss zu führen: Geht ihr mit mir, dass die meisten Motive Neid, Gier, Machtstreben, Rache am ehesten in Richtung MALAD weisen und auch Wöhrles Lebenswandel auf ein Motiv im Job hinweist und wir dort am ehesten etwas finden, das uns weiterbringen könnte?«

Nach etwas Bedenkzeit nickten Ann-Sophie und Mike einmütig.

»Gut. Dann fokussieren Ann-Sophie und ich uns erst mal auf MALAD. Da fahren wir morgen gleich hin. Befragen noch mehr Leute, machen Druck, schürfen, wenn möglich, etwas tiefer. Wenn wir nichts finden, knöpfen wir uns Zimmermann nächste Woche noch mal vor. Vielleicht haben wir ja Glück und treffen eine Persönlichkeit an, die kooperativ ist oder sich wenigstens in Widersprüche verstricken lässt. Oder wir finden irgendetwas, um einen Durchsuchungsbeschluss bewirken zu können. Ann-Sophie, redest du bitte mit den Jungs von der IT? Die sollen alle Spuren bei Andre und Max noch mal gezielt auf die 3D-Druckersache durchforsten. Das mit der Waffe wissen wir ja erst seit vorgestern. Nicht dass die Info nie bei denen ankam. Kommunikation gehört nicht zu Joachim Mayers größten Stärken, wie wir alle wissen.«

»Mach ich.«

»Gut. Mike, deine Idee mit dem Rachemotiv sollten wir nicht außer Acht lassen. In der Richtung haben wir bisher noch gar nichts.«

»Danke«, sagte Mike und wuchs sogleich um zwei Zentimeter auf dem Stuhl in die Höhe.

»Dann weißt du jetzt, was du die nächste Zeit zu tun hast. Durchwühle Wöhrles Studienzeit in München. Mach seine Ex-Freundinnen dort ausfindig, wer weiß, was zwischen denen vorgefallen ist. Er war während seines Studiums begnadeter Kampfsportler, hat aber damit aufgehört und sein Hobby hier nicht weiterverfolgt. Vielleicht hat er bei irgendeiner Schlägerei oder einem Wettkampf jemanden in den Rollstuhl geschickt und hat deswegen aufgehört oder was weiß ich.«

»Okay, aber das kann ja ewig dauern. Wenn ich da überhaupt was finde …«, schmollte Mike nun deutlich weniger motiviert ob der Aussicht auf etliche Tage Schreibtischarbeit.

»So ist der Job nun mal. Wenn du dir eine Verfolgungsjagd mit explodierenden Autos vorgestellt hast, musst du nach Hollywood.«

Nie hätte ich gedacht, wie falsch ich mit diesem Spruch liegen würde und wie sehr ich mir nur wenige Stunden später wünschte, es wäre alles wirklich nur ein Film gewesen.

✳✳✳

Plötzlich ist sie wieder da. Die Dunkelheit. Und die Kälte,
die Kälte in unserem Herzen.

Der Meister der Dunkelheit. Ich habe ihn gesehen.

Er befiehlt die geflügelten Wesen der undurchdring-
lichen Schwärze, die uns seit unserer Kindheit verfolgen.
Das Rascheln und Flattern über unserem Kopf, in unserem
Kopf.

Ich habe ihn beobachtet. Er hat die Polizei auf uns
gehetzt. Er war es, ich weiß es genau.

Sie beobachten uns.

Wir müssen sie ausschalten.

Mit der sexy Brünetten werde ich sicherlich einen
Mordsspaß haben. Oh, diese Beine! Vielleicht kann ich
ihr mein neues Spielzeug zeigen, hahahaha. Und dieser
groß gewachsene Hornochse wird bestimmt auch kein
Hindernis sein.

Wir müssen sie ausschalten.

Hilfst du mir?

✳✳✳

Mein Ableben würde nicht mehr lange auf sich warten
lassen.

Davon war ich jedenfalls überzeugt, als der Asphalt im
Scheinwerferlicht vor uns von der roten Motorhaube von
Ann-Sophies Mini aufgefressen wurde wie ein heiß ge-
laufenes Fließband in einer rasend schnellen Fabrik. Das
Ganze wurde untermalt von der brüllenden Geräuschku-
lisse der vier Kolben, die jenseits von viereinhalbtausend
Umdrehungen im Stakkato hämmerten.

In Wöhrles Villa war um kurz vor ein Uhr nachts die
Alarmanlage hochgegangen und hatte die Nachbarn,
darunter auch Frau Imhoff, geweckt. Die hatte Zimmer-

manns Chevrolet vor ihrem Haus entdeckt und dankenswerterweise nicht wie die anderen Nachbarn die 110, sondern direkt mich angerufen. Auf die Frau war echt Verlass. Ich hatte die Info natürlich aus dem Haus eilend direkt an Ann-Sophie weitergegeben.

Ein Streifenwagen aus Waldkirch und ich waren ungefähr zeitgleich in die Straße am Fuße des Ebertles, wo sich Wöhrles Villa befand, eingebogen. Der Streifenwagen war vorausgejagt, weswegen ich den rostroten Chevy, der die lang gezogene Kurve hinunterfuhr, zu spät entdeckt hatte. Das Polizeiauto war weiter zum Tatort gefahren, vermutlich hatten die Insassen keinerlei Information über das verdächtige Fahrzeug erhalten. Ich jedoch hatte sofort das Steuer herumgerissen und versucht zu wenden. Die quietschenden Reifen waren spektakulär geschlittert, aber leider war das Wendemanöver nicht sehr effizient, da in diesem Wohngebiet jeder parkte, wie er wollte, und ich ziemlich quer zwischen einem Steinmäuerchen hinter mir und der mit SUVs zugeparkten Gegenfahrbahn vor mir zum Stehen gekommen war.

Nach einigem Hin und Her und viel Gefluche hatte ich mich fast aus der misslichen Lage herausmanövriert, als ich plötzlich geblendet worden war und die Vollbremsung eines auf mich zurasenden Fahrzeugs mein Herz in die Hose hatte rutschen lassen.

Ann-Sophies Mini Cooper S war keine zwei Meter vor meiner Fahrertür zum Stehen gekommen. Da ich nicht sicher gewesen war, ob sie den fliehenden Zimmermann ebenfalls registriert hatte, die Kommunikation in zwei verschiedenen Autos ungünstig war und sie mich sicher komplett abgehängt hätte, war ich direkt aus meinem Wagen und bei ihr zur Beifahrerseite wieder reingesprungen.

»Los, los, beeil dich!« Mein Hintern hatte den Sitz

noch nicht berührt, da setzte Ann-Sophie schon den Wagen zurück. Ich musste die Autotür nicht mal selbst schließen, das erledigte Ann-Sophies schwungvolle Anfahrt von ganz alleine. Sie hatte Zimmermann ganz offensichtlich bemerkt.

Sie raste los.

Und ich saß hilflos auf dem Beifahrersitz und schloss, Blut und Wasser schwitzend, mit meinem Leben ab, war ich doch Ann-Sophies sehr risikoaffinen Fahrkünsten komplett ausgeliefert. Erneut drückte sie das Gaspedal bis zum Anschlag durch, der Motor röhrte.

Zimmermanns Wagen hatten wir aus den Augen verloren, aber da weitere Einsatzfahrzeuge von Waldkirch und über die Schnellstraße von Freiburg heranrückten, war die Wahrscheinlichkeit, dass sie ihn talabwärts entdeckten, relativ groß. Schließlich hatten wir seinen Fahrzeugtyp durchgegeben, weitere Verstärkung und sofortige Straßensperren angeordnet. Sollte er sich aber entschlossen haben, talaufwärts zu flüchten, war die Unterstützung nicht mehr ganz so gewiss. Der einzige noch verbleibende Posten im Elztal war die Außenstelle in Elzach. Danach kamen sowieso nur noch Wald und Wiesen, bevor man über die Berge in mehrere andere Täler oder auf die Schwarzwaldhochstraße verschwinden konnte. Also fuhren wir auf gut Glück auf die Schnellstraße talaufwärts, und tatsächlich erblickten wir bald die Rückleuchten eines viel zu schnellen Fahrzeugs vor uns.

Mit fast zweihundert Sachen rasten wir über die B 294 Richtung Bleibach und holten beständig auf, als auf einmal die Bremslichter des vorausfahrenden Wagens kurz aufleuchteten. Der Grund für den Tempoverlust sprang uns gleich darauf ins Auge.

Blaulicht zuckte vor uns auf. Zwei Streifenwagen hatten die Schnellstraße direkt beim Schießbrückle vor der Abzweigung auf die Bleibacher Dorfstraße blockiert. Unfreiwillig zum Stillstand gebrachte Pkws verstärkten die Absperrung. Da hatten wir Glück gehabt. Mittlerweile waren wir auch nah genug dran, um den rostroten Chevrolet mit den vielen Aufklebern wiederzuerkennen. Wir hatten ihn!

Leider machte Zimmermann aber keinerlei Anstalten, diese lebensgefährliche Hetzjagd abzubrechen, sondern fuhr mit kaum reduzierter Geschwindigkeit auf die Straßensperre zu. In diese kam Bewegung, und ich sah, wie zwei Kollegen, die bisher hinter ihren Dienstwagen Stellung bezogen hatten, sich von der Fahrbahn in Richtung eines Bushäuschens retteten. Zimmermann wollte sich doch nicht ernsthaft durch diese Barrikade durchrammen?

Ann-Sophie hatte schnell aufgeholt. Wir waren nur noch gute siebzig Meter vom Fluchtfahrzeug entfernt, als dieses plötzlich stark abbremste. Ann-Sophie trat ebenfalls in die Eisen. Der Gurt knallte in meine Schulter, das ABS ratterte. Aber es war zu spät. Das schlingernde Heck des alten Chevy schien uns wie ein Raubtier entgegenzuspringen.

Die Sekunden vor dem vermeintlichen Aufprall liefen wie in Zeitlupe ab. Mit beiden Armen stemmte ich mich gegen die Fliehkräfte, glaubte, das grässliche Geräusch zweier sich verkeilender Karosserien schon zu hören, als Zimmermanns Wagen plötzlich scharf nach rechts bog und keine dreißig Meter vor der Straßensperre die niedrige Böschung hinab auf den Grünstreifen unweit eines Sonnenblumenfeldes schanzte. Von dort schlitterte er weiter über das Gras in Richtung Dorfstraße.

Unsere blutrote Kühlerhaube glitt unbeirrt weiter auf

den ersten vor der Straßensperre parkenden Wagen zu. Keine fünf Meter vor ihm kamen wir mit kreischenden Bremsen zum Stehen.

Es warf mich zurück in den Sitz. Mein Körper erinnerte mich gerade daran, dass ich mal wieder atmen sollte, da gab Ann-Sophie schon wieder Gas, rumpelte über den Bordstein auf die Wiese und folgte dem Flüchtigen Richtung Bleibach.

Der Sprung über die Böschung hatte Fluchtfahrzeug und Fahrer wohl aus der Fassung gebracht. Nur langsam rollte Zimmermanns Fahrzeug auf die Dorfstraße. Er schien unschlüssig, ob er nach rechts Richtung Bleibach oder links zurück auf die B 294 fahren sollte. Von dort stürmten allerdings gerade zu Fuß vier mit Waffen fuchtelnde Polizisten auf ihn zu.

Obwohl der tiefergelegte Mini nicht gerade für Offroad-Abenteuer konzipiert war, näherten auch wir uns rapide, waren fast schon dort, als der Fluchtwagen plötzlich wieder Vollgas gab. Gras und Erde wurden aufgewirbelt und spritzten bis an unsere Frontscheibe. Die Polizisten sprangen erschrocken zur Seite.

Zimmermann hatte sich entschlossen. Er fuhr direkt über die Straße auf einen gut ausgebauten Fahrradweg, der parallel zur B 294 bis nach Niederwinden verlief.

Doch auch Ann-Sophie beschleunigte und klebte nun direkt an seinem Heck. Touchierte es fast. Er würde uns nicht mehr entkommen, dachte ich, als Zimmermann erneut das Lenkrad nach rechts riss und mitten in das an den Fahrradweg angrenzende Maisfeld bretterte. Die Lichter von Zimmermanns Fahrzeug erloschen, offensichtlich, um uns die Verfolgung im Dunkeln zu erschweren, dann war der Chevrolet auch schon im Dschungel der fast zwei Meter hohen Maisstauden verschwunden.

Ann-Sophie fackelte nicht lange, raste ebenfalls in das Maisfeld. Das zuckende Blaulicht der Straßensperre im Rückspiegel verschwand praktisch sofort. Stattdessen sah man …

Nichts.

Kein anderes Fahrzeug, keine Spur, nicht mal das Feld sah man richtig. Nur die Maispflanzen, die an die Scheibe geworfen wurden und mit einem widerlichen Schmatzen über uns herfielen wie eine Zombiearmee. Wir wurden durchgerüttelt, als säßen wir auf einer Uraltwaschmaschine im Schleudergang, dann lichtete sich der Dschungel aus Maispflanzen urplötzlich, und etwas Großes, Helles vor uns im Licht der Scheinwer…

**

Das Erste, was ich wahrnahm, war das tinnitusartige Sausen in meinen Ohren. Dann kam langsam, ganz langsam mein Sehsinn zurück. Ich blickte in einen langen, dunklen Tunnel. Ich tastete nach dem Gurthalter, löste ihn, öffnete irgendwie die Tür und ließ mich aus dem Auto fallen.

Was war passiert? Wir waren irgendwo reingefahren. In ein Gebäude? Der Tunnel vor meinen Augen begann sich zu weiten, und meine Sinne kehrten langsam zurück. Mein Kopf dröhnte zwar schmerzhaft, und das Gesicht fühlte sich irgendwie taub an, aber der Airbag hatte mich wohl vor schlimmeren Verletzungen bewahrt, mir vielleicht sogar das Leben gerettet. Denn wie ich so in mich hineinfühlte und langsam versuchte, mich aufzuraffen, schien ich weitestgehend unverletzt. Vielleicht hätte sich sogar ein Gefühl der Erleichterung in mir breitgemacht, wären da nicht meine anderen Sinne gewesen, die Alarm schlugen.

Die Geräusche, die plötzlich mit voller Wucht an mein Ohr drangen, glichen einem infernalischen Orchester aus Gebrüll und Getrampel. Die Nacht war einer diffusen Helligkeit gewichen. Ich schaffte es langsam, mich in den Vierfüßlerstand zu erheben und mich etwas umzusehen.

Als ich den Kopf hob, erkannte ich im flackernden Licht mindestens fünfzig Kühe wild brüllend durcheinanderrennen. Eine genauere Betrachtung der Umgebung ergab, dass ich mich wohl in einem großen Kuhstall befand – einem ziemlich modernen. Der Stall war symmetrisch aufgebaut. Auf beiden Seiten der weitläufigen Halle führten Betongänge, die ohne Weiteres mit einem Traktor befahren werden konnten, aus dem Stall hinaus. Daneben verliefen eine Rinne mit Futter und daran anschließend eine feste Stahlgitterkonstruktion mit runden, faustdicken Metallstangen, durch welche die Kühe unter normalen Umständen vermutlich ihren Kopf ins Futter streckten. In der Stallmitte zwischen den verzinkten Stahlgattern war ungewöhnlich viel Platz, sodass die Kühe sich frei bewegen konnten und nicht den ganzen Tag an einem Platz stehen mussten.

Im Moment streckte allerdings keine einzige Kuh ihren Kopf dem Futter entgegen. Das lag vermutlich daran, dass die Futterreihe stark rauchend vor sich hin kokelte. Aber das war leider nicht das Einzige, was brannte. Entsetzt stellte ich fest, dass auch aus der zerbeulten Motorhaube des Minis tiefschwarze Rauchschwaden aufstiegen.

Der Mini …

Ann-Sophie!

Mit einem Schlag kam ich endlich richtig zu mir, und mein ohnehin schon rasendes Herz schlug noch härter, hämmerte mit pochendem Schmerz bis in meinen Schädel. Ich zog mich an der offenen Autotür hoch. Mir war schwummrig, aber es ging. Ann-Sophie hing leblos über dem Lenkrad.

»Ann-Sophie!« Ich rüttelte sie behutsam. Sie reagierte nicht. Sanft legte ich ihren schlaffen Körper zurück in den Sitz, wiederholte immer wieder ihren Namen. Tätschelte ihr Gesicht. »Ann-Sophie!«

Ihre Antwort war ein undeutliches Stöhnen, dann rauer Husten. Als Ann-Sophie mit kaum geöffneten Lidern ihren Kopf zu mir drehte, bemerkte ich entsetzt, dass ihre von mir abgewandte Schläfe stark blutete. Sie musste sich den Schädel an der Fahrertür angeschlagen haben.

Ich löste den Gurt. Zog sie aus dem Auto. Ich musste sie unbedingt hier herausholen! Im Auto wurde es immer heißer, und der Rauch drang mittlerweile auch in die Fahrerkabine. Endlich aus dem Wagen, holte ich tief Luft und versuchte, Ann-Sophie rücklings auf meine Schultern zu heben, geriet dabei schwer ins Taumeln und konnte mich nur mit Mühe auf den Beinen halten. Dabei wog sie sicher keine siebzig Kilo, wobei ich wirklich nicht sonderlich gut darin war, das Gewicht von Frauen zu schätzen.

Ich sah mich erneut Orientierung suchend um. Der Mini stand etwa drei Meter von der Wand entfernt im Stall. Wobei die Wand diese Bezeichnung eigentlich nicht verdient hatte. Es handelte sich vielmehr um eine feste weiße Zeltplane, die zwischen einigen Stahlstreben, den hölzernen Dachbalken und einem circa dreißig Zentimeter hohen Betonsockel am Boden eingespannt war. Der Mini hatte die mittlerweile vor sich hin kokelnde Plane einfach zerrissen, eine schmale Brandspur bis dorthin zeugte davon, dass wir uns vermutlich an diesem Betonsockel die Ölwanne aufgerissen hatten. Zum Stehen gebracht hatte uns allerdings erst mehrere Meter weiter ein großer Sicherungskasten.

Von diesem führten dicke Kabeln zu etwas, das für mich auf den ersten Blick aussah wie eine Waschstraße für Kühe. Erst bei näherem Hinsehen erkannte ich, dass die Kuh darin gerade mit einem wohl automatisch funktionierenden Melkroboter verbunden war. So ein Teil, das die Kühe von selbst betraten, um gemolken zu werden. Das genaue Hinschauen war dadurch erschwert worden, dass der Minuten zuvor noch vor sich hin glimmende Heuberg, der sich einmal durch den ganzen Stall zog, mittlerweile brannte und qualmte!

Der Bereich, in dem die Kühe standen, war mit etwas Stroh ausgelegt. Sehr wenig, doch der Nachtwind, der durch die offenen Stalltore drang, fachte das Feuer weiter an, wirbelte brennendes Stroh hoch in die Luft und auf die Kühe zu, was sie völlig panisch machte. Ein glühender Höllenkreisel aus Gebrüll und trampelnden Beinen. Die Herde drängte nach draußen in einen kleinen Außenbereich. Vermutlich war das hier ein echter Vorzeige-Biohof, in dem es die Kühe ungewöhnlich gut hatten – jedenfalls, wenn sie nicht gerade bei lebendigem Leib gegrillt wurden. Dennoch maß der Außenbereich nur ein paar Quadratmeter und bot nicht annähernd genug Platz für alle.

»Oh mein Gott«, stöhnte ich auf, die Panik erfasste auch mich immer mehr. Ich torkelte mit Ann-Sophie über der Schulter in Richtung der Traktoreneinfahrt, die sich parallel neben dem Tor zum Außenbereich der Kühe befand.

Als ich endlich draußen ankam, brannte meine Lunge wie Feuer. Die Augen juckten, und ich bekam einen Hustenanfall. Trotzdem schleppte ich mich noch über die

Betonrampe bis ins Gras, sodass wir uns außerhalb des unmittelbaren Gefahrenbereichs befanden. Dort ging ich in die Knie und ließ Ann-Sophie zu Boden gleiten.

Das heisere Gebrüll der Kühe schwoll immer weiter an. Mittlerweile quollen tiefschwarze Rauchschwaden aus den Toren. Die Kühe drängten gegen das massive Metallgatter des Außenbereichs, drohten sich schier gegenseitig zu zerquetschen.

Warum war hier denn kein Mensch? Irgendwer musste diesen Lärm doch hören?

In knapp hundert Metern Entfernung befand sich auch ein Wohnhaus, in dem trotz der weit vorangeschrittenen Uhrzeit Licht brannte. Da musste doch jemand merken, was hier los war! Vielleicht waren die Bewohner auch eben erst aufgewacht. Ich konnte nicht warten. Also humpelte ich zu dem Außengatter, riss, so stark ich konnte, an der Verriegelung. Sie klemmte, aber schließlich gelang es mir, sie zu öffnen und zur Seite zu springen, um nicht niedergetrampelt zu werden.

Das Vieh rannte hinaus ins Freie – ich zurück zu Ann-Sophie. Sie hustete kläglich vor sich hin. Ich streichelte ihre Wangen. Sie öffnete ihre Augen, und mir fiel ein Stein vom Herzen. Sie blickte mir in die Augen, wollte etwas sagen, aber ich konnte sie aufgrund des Getrampels nicht verstehen. Ich legte ihr den Finger auf die Lippen, und sie verstummte ohne Weiteres. Offensichtlich war sie sehr schwach. Mein Magen verkrampfte sich augenblicklich wieder.

Ich lief erneut in Richtung Stall, um zu sehen, ob alle Kühe gerettet waren.

Sofort wurde mir klar, dass irgendetwas nicht stimmte. Das Stallinnere hatte sich gewaltig gewandelt. Die Plane hatte im vorderen Teil, wo wir hineingekracht waren, weitflächig Feuer gefangen und erzeugte tiefschwarze, bestialisch stinkende Rauchschwaden. Dabei hatten zwei aufeinandergestapelte, weiß eingewickelte Siloballen, die zwanzig Meter entfernt an der Plane lagerten, ebenfalls Feuer gefangen. Das Gleiche galt für eine Palette von Säcken direkt daneben. Keine Ahnung, was darin war. Futter? Dünger? Es brannte jedenfalls infernalisch. Die Flammen dort loderten bis zu den Dachbalken. Das Blechdach warf sengende Hitzewellen zurück in den Stall. Zu sehen war das Dach hingegen kaum noch. Zu massiv hatte sich dort schwarzer Rauch angesammelt, der wie in einem Horrorfilm bedrohlich langsam nach unten sank, um alles Leben zu ersticken. In der Stallmitte rannte noch immer ein dummes Rindvieh planlos im Kreis.

Zu meiner Verwunderung schienen die verzweifelten Hilferufe – genau so empfand ich in diesem Augenblick, was ich hörte – aber von anderswo zu kommen.

Ich wagte mich einen Schritt in den Stall hinein, um die Quelle lokalisieren zu können. Es war mittlerweile unmenschlich heiß. Nach kurzer Zeit entdeckte ich die Kuh, die immer noch in dem Melkroboter festhing, nur wenige Meter neben dem vollkommen in Flammen stehenden Mini.

Ich sog so viel Luft wie möglich in meine Lungen und sprintete in den Stall. Der betonierte Zufahrtsweg war frei von Flammen, das Futter in der Rinne daneben größtenteils heruntergebrannt. Also kam ich eigentlich gut voran, hatte die Situation aber dennoch total unterschätzt. Je weiter ich in den Stall vordrang, desto unerträglicher brannte die Hitze in meinem Gesicht. Meine Lederjacke schützte meinen Körper einigermaßen. Ich versuchte, meine tränenden Augen mit meinem Arm abzuschirmen, doch mein Blick wurde immer verschleierter vor lauter Tränen und Schweiß.

Die Kuh brüllte wie am Spieß, doch als ich endlich vor ihr stand, wurde sie still. Wir sahen uns tief in die Augen. Sie hatte schöne, mit langen Wimpern umrahmte, große, dunkle Augen, die mich verzweifelt, flehend anblickten. Diesen Blick würde ich nie vergessen.

Warum lief sie nicht davon, verdammt?

Eine nähere Betrachtung der Umstände ergab schnell, dass ihr Euter noch immer vom Melkgeschirr umschlossen war. Offensichtlich hatten die Zitzen sich vor dem Stromausfall, für den entweder unsere Kollision mit dem Sicherungskasten oder der Brand gesorgt hatte, festgesaugt.

Ich konnte nicht länger die Luft anhalten, schnappte nach Sauerstoff.

Ein böser Fehler.

Der Rauch kratzte sofort rau in meiner Kehle, und ich bekam unweigerlich einen Hustenanfall. Ich ging auf die Knie – hier unten war die Luft etwas besser – und streckte mich durch die Stahlkonstruktion, um an das Euter zu gelangen. Ich musste Kopf und Arme weit durch die Metallgitterröhren schieben, um überhaupt heranzukommen. Das war vermutlich ziemlich gefährlich, aber was hatte ich für eine Wahl? Mit aller Kraft zog ich an den Zitzengummis. Es brachte nichts, außer dass die Kuh wieder anfing zu brüllen. Ich zog, so fest ich nur konnte – vergebens. Ein neuer Hustenanfall schüttelte mich, meine Lungen schmerzten. Ich musste raus, sofort. Die Hitze wurde unerträglich, der Rauch ... ich konnte kaum die tränenden Augen öffnen.

Die Ohren hingegen hätte ich liebend gern verschlossen. Die Kuh schnaubte und schrie erbärmlich, immer öfter unterbrochen von Lauten, die ich als Husten deutete. Als ich aufstand, sah sie mich direkt an. In ihren Kuhaugen lag unendliche Traurigkeit. Sie wusste, dass ich sie aufgegeben hatte. Mein Blick blieb an einem roten Not-Aus-Knopf hängen. Ich schöpfte neue Hoffnung, schlug verzweifelt auf ihn ein, aber der Strom war ja schon längst aus. Der Unterdruck löste sich nicht. Es stank nach versengtem Fell. Ich rannte nach draußen. Ihr entsetzliches Husten in meinen Ohren. Sie wusste, dass ich sie im Stich lassen, sie einem qualvollen Tod überlassen würde.

Da fasste ich einen Entschluss. Ich rannte bis zum Tor, hustete den schmerzenden Rauch aus meinen Lungen, inhalierte die klare Nachtluft, die mein Gesicht angenehm kühlte. Und rannte erneut in das Inferno. Bereits im Lauf zog ich die Pistole aus dem Halfter und entsicherte sie. Schließlich stand ich direkt vor ihr. Schweiß und Rauch brannten in meinen Augen. Dennoch sahen wir uns für einen unwirklichen Moment tief und ruhig an. Als ob sie wusste, was gleich passieren würde. Ich hob die Waffe, zielte genau zwischen ihre flehenden Augen.

Ich drückte ab. Drei schnelle Schüsse in Folge. Ich registrierte, wie ihr Blick erlosch und sie zusammensackte. Rannte los, musste atmen, erbrach mich fast vor Husten.

Würde auch ich hier sterben?

Nur nicht aufhören zu laufen. Immer weiterlaufen.

Mein Verstand hatte fast schon kapituliert, aber meine Beine stolperten mechanisch weiter. So erreichte ich, durch Hitze und schwarze Rauchschwaden, den Ausgang. Mit allerletzter Kraft schleppte ich mich hinaus in die klare, weite Nacht.

Als ich ausgehustet hatte, sah ich, wie ein junger Mann

von Ann-Sophie wegstolperte. Er ging rückwärts, bedächtig, ängstlich, seinen Blick auf mich gerichtet.

Ich blickte an mir herunter. Erst jetzt wurde mir klar, dass ich ziemlich furcherregend aussehen musste. Hinter mir das Höllenfeuer, Jacke und T-Shirt voller Blutspritzer, in der Hand die Pistole. Die Schüsse musste man gehört haben.

Blaulicht beleuchtete die weitere Szenerie. Zwei Polizeiwagen waren ums Eck gebogen, kamen aber nicht weiter, weil ihnen eine Herde aufgebrachter Rinder den Weg versperrte. Ein altes Ehepaar, vermutlich aus dem Wohnhaus, versuchte gleichzeitig, die Kühe von den Einsatzfahrzeugen wegzuscheuchen und wieder einzufangen, wenn sie zu weit wegzulaufen drohten. Das funktionierte natürlich nicht.

Jetzt bog auch in der Ferne mehr Blaulicht von Bleibach kommend auf die schmale Straße in Richtung Hof ein. Endlich – die Feuerwehr.

Ich ließ mich neben Ann-Sophie in das kühle Gras sinken.

Fasziniert und erschüttert zugleich beobachtete ich, wie das Gebäude, das wir in Brand gesteckt hatten, nach und nach in sich zusammenfiel.

Die Flammen erhoben sich bis hoch in den Nachthimmel. Schwarzer Rauch verschlang die Sterne.

Ich zitterte am ganzen Körper. Und das sicher nicht wegen der nächtlichen Temperaturen. Mein Schädel tat höllisch weh, und alles, was meine Sinne erreichte, fühlte sich an, als hätte es zuvor einen dichten Filter überwinden müssen.

Mein Blick wanderte zu Ann-Sophies reglos vor mir liegendem Körper. Trotz all des Bluts an ihrer Schläfe, des Drecks, in dem sie lag, trotz allem, was passiert war –

sie war immer noch wunderschön. Die Flammen warfen warmes Licht auf ihre bleichen Wangen. Mir wurde schwindlig. Ich drehte mich schnell weg, aus Angst, mich zu übergeben. Versuchte aufzustehen. Die schnelle Bewegung war gar nicht gut. Schwarzviolette Sternchen regneten in meinen Blick, meine Beine knickten weg.

Mich umfing gnädige Schwärze.

Acht

Sanft schaukelte ich auf den Wellen dahin. Max und Andre planschten mit nichts als schwarzen Skimasken bekleidet neben mir. Die Sonne schien heiß auf meinen Bauch. Auf einem Aufblaskrokodil chillte eine Kuh – DIE Kuh, ich erkannte es an ihren Augen – und genoss einen kalten Cocktail. Ein beißender Geruch von verbranntem Fleisch stieg mir in die Nase, am Poolrand stand ein Grill, gut bestückt mit allerlei Steaks und Würstchen. Die Flammen züngelten über die Glut, griffen langsam auf das Grillgut über, die Flammen leckten entlang der metallenen Grillgitter, wuchsen immer weiter in die Höhe, bis …

»Wendelin?«

Benommen öffnete ich die Augen. Grelles Licht blendete mich. War ich tot? War das dieses bekannte Licht am Ende des Tunnels? Aber sollte sich das nicht anders anfühlen? Irgendwie schön, friedlich, harmonisch? Doch das weiße Licht blendete total. Es knallte richtig in meinen Schädel, und dann stieg auch noch diese Welle von Übelkeit in mir hoch, ich wollte dagegen ankämpfen, aber ich war so kraftlos.

Bruaaah! Ich übergab mich. Tat man so was, wenn man tot war?

»Na toll! Hättest ja vorher kurz Bescheid geben können. Das erinnert mich irgendwie an früher, weißt du noch, wenn du am Wochenende als ein Gläschen zu viel hattest …«

Ein verschwommenes Gesicht, das mir seltsam vertraut vorkam, erschien in meinem Blickfeld, umstrahlt von gleißendem Licht. War das …?

»Steffi? Was machst du denn hier?« War ich im Himmel oder doch in der Hölle gelandet?

»Aha, Amnesie liegt wohl keine vor. Zumindest keine komplette. Ich arbeite hier, falls du dich erinnerst? Schwester Stefanie, eine Schwester für alle Fälle, du weißt schon«, grinste meine ehemalige Jugendliebe.

So langsam nahm ich auch meine Umgebung richtig wahr.

»Ich bin im Krankenhaus.« Erleichtert sank ich zurück in das Kissen. Meine Kehle fühlte sich verätzt und rau an, und ich musste unbedingt diesen galligen Geschmack loswerden.

»Blitzmerker. Was dachtest du denn, nach der Aktion von dir und deiner Kollegin? Ihr habt 's Michelbuure in Schutt und Asche gelegt nach allem, was man so hört. Dabei haben die doch erst kürzlich einen neuen Melkroboter für 'nen Arschvoll Geld angeschafft. Stand sogar im Wochenbericht. So, mein Lieber, jetzt muss ich da mal ran. Die Prellungen sehen übler aus, als sie sind. Alles nur oberflächlich. In ein paar Tagen sieht dein Gesicht aus wie vorher. Hast mal wieder echt Glück gehabt. Bissel viel Rauch eingeatmet vielleicht, aber das wird schon. Weißt du noch damals, als du …?«

Man konnte über Steffi sagen, was man wollte, sie war ganz sicher eine tolle Krankenschwester und hatte es verstanden, mich zu umsorgen, aber quatschen konnte die immer noch ohne Punkt und Komma … Mein Kopf dröhnte doch eh schon.

»Ann-Sophie?«, stöhnte ich.

»Ann-Sophie? Du meinst deine Kollegin? Die hat es schlimmer erwischt … Komm, trink erst mal etwas Wasser.«

»Wo ist sie?«

»Liegt in 211. Ich wusste ja gar nicht, dass neuerdings so attraktive Frauen bei der Polizei arbeiten. Ich kenn dich doch, Wendelin. Läuft da was? Ich bin ja übrigens nicht mehr mit Mark … He, wo willst du hin? Hiergeblieben!«

Aber ich hatte mich schon aus dem Bett gehievt und torkelte Richtung Gang. Das ging sogar besser als gedacht. In wenigen Schritten hatte ich den Fahrstuhl erreicht und drückte auf die »2«.

Ann-Sophie sah seltsam klein aus, wie sie da so zwischen den großen Krankenhauskissen lag. Sie hatte die Augen geschlossen. Ein dünner Schlauch verband ihre Nase mit einem Sauerstoffgerät. Um sie herum standen viel zu viele Gerätschaften, die beunruhigend blinkten.

»Was … was hat sie?«, fragte ich die ältere Schwester, die gerade dabei war, den Tropf zu wechseln.

»Leichte Rauchgasintoxikation sowie zwei angebrochene Rippen und einige kleinere Schürfwunden und Prellungen.«

»Wird das wieder?«

»Na klar, das ist eine junge, fitte Frau. In ein paar Tagen ist die wieder wie neu.« Die Schwester musterte mich unverhohlen. Erst da wurde mir bewusst, dass ich nur einen Krankenhauskittel anhatte, in dem ich sicher einen sexy Eindruck machte.

»Kann ich ganz kurz mit ihr allein sein?«

»Na gut, aber dann marschieren Sie schleunigst wieder in Ihr eigenes Bettchen, ist das klar?«

Ich kauerte mich neben Ann-Sophie und streichelte

sanft ihre Hand. Wie blass und zerbrechlich sie aussah. Und wie schön.

»Werd mir bloß schnell wieder gesund! Wir müssen einen Mörder fassen«, murmelte ich. »Und wir müssen reden, so richtig.« Es gab so viel, was ich ihr sagen wollte – ob sie es nun hören wollte oder nicht. Es konnte so nicht weitergehen mit uns, das war mir in diesem Moment klarer als jemals zuvor. »Ich bin so froh, dass es dir gut geht. Na ja, so halbwegs zumindest.« Ich hauchte ihr einen Kuss auf die Stirn und verließ das Zimmer.

Am Abend entließ ich mich selbst, sehr zum Missfallen der Oberärztin und Steffi, die mir sogleich androhte, dass sie dann aber auf jeden Fall nach mir schauen müsse. Gott bewahre! Ich wollte nur einfach in mein eigenes Bett. Krankenhäuser strahlten immer so eine deprimierende Stimmung aus. Und so schlecht ging es mir ja nicht.

✳✳✳

»Jessis, Kerli! Wie siehsch du denn us?«, rief mir meine Mutter entsetzt entgegen, als ich den Hof erreichte.

Meine Familie saß zusammen mit der Joosenbäuerin einträchtig auf der Holzbank vor dem Haus und genoss bei einem kühlen Gläschen Most, natürlich nur stilecht in einem ehemaligen Senfglas, den lauen Sommerabend. Minka, unsere Hofkatze, rekelte sich in den letzten Sonnenstrahlen und blickte träge einem vorbeischwirrenden Zitronenfalter hinterher.

»Als wär er vum Bulldog überrollt worre«, kommentierte mein Vater trocken. Na, danke schön auch!

»Kumm, Bue, hock dich no!«, befahl Oma Erika. »Ich hob noch e wing Nudelsupp uffm Herd, die moch ich dir gli no mol warm. Sieht so uss, als könntsch die vertrage.«

Oma wusste halt immer ganz genau, was ihr Bub gerade brauchte. Und Nudelsuppe von Oma war einfach das Beste, wenn es einem nicht gut ging.

»Stimmt des, dass ihr 's Michelbuure ohzunde hänn?«, fragte die Joosenbäuerin neugierig.

»Warum hesch du nix Rächts lehre känne?«, lamentierte meine Mutter gleichzeitig. »Irgendwas Ungfährlicheres. Wärsch Buur worre. Oda Bankkaufmann oda so. Immer muss ich mir Sorge moche um dich!«

»Wie goht's de Ann-Sophie? Des Maidli war doch hoffentlich do nid au mit debi?«, fragte Oma besorgt.

»Ihr hänn ebba verfolgt, gä?«, ergänzte Opa Erwin.

»Sie hänn au ebba festgnumme, hob ich ghärt. Stimmt des?«

»Wen hänn sie festgnumme?«

»Bstimmt seller Lumbeseggel, seller mit de Flädermuus.«

Kopfweh begann sich anzubahnen. »Ich erzähl euch morgen alles, okay? Ich bin ziemlich fertig«, ließ ich die wunderfitzige Meute zurück und machte mich in der Küche über Omas Suppe her.

Omas Nudelsuppe war tatsächlich die beste Medizin und weckte auch in diesem Fall die Lebensgeister. Vielleicht waren es aber auch der immer noch erhöhte Adrenalinspiegel und der nur langsam abklingende Schock. Ich merkte schnell, dass ich immer noch viel zu aufgedreht war, um früh schlafen zu gehen.

Ein schönes Bier, Zimmertemperatur, wäre jetzt ideal. Hilft auch gut beim Einschlafen. Und vielleicht etwas entspannte Gesellschaft, am besten nicht verwandt.

✳✳✳

»Jessis, wie viele Jahre war ich schon nicht mehr hier?«, rief ich und ließ mich in den schwarzen Sitzsack in Andres Jugendzimmer plumpsen. Schlechte Idee, befand mein geschundener Körper.

Da Max und Simon durch Notfälle im Stall und an der Tinder-Front verhindert waren, hatte ich mich schließlich vom Hof zu Andres Elternhaus geschlichen.

Viel verändert hatte sich in Andres Zimmer allerdings nicht. Ich ließ meinen Blick schweifen, von dem mit zwei Bildschirmen und allerlei anderem technischen Equipment vollgestellten Schreibtisch über das mit wissenschaftlichen Büchern und Fantasyfiguren bestückte Billy-Regal und die Zertifikate von Seminaren diverser Hochschulen – Andre war während des Studiums wohl ziemlich rumgekommen, ich entdeckte das Emblem der TU Lübeck und der TU München – bis hin zu einer Urkunde von »Jugend forscht«. Über dem Bett mit der SC-Freiburg-Bettwäsche, die es definitiv bei meinem letzten Besuch vor zehn, fünfzehn Jahren auch schon gegeben hatte, hing neben den Jungs von Metallica ein großes Poster einer leicht bekleideten Christina Aguilera.

»Wohl wahr«, seufzte Andre, der meinem Blick gefolgt war. »Ist ja nur für den Übergang. Ich brauche dringend was Eigenes. Aber du weißt ja, der Wohnungsmarkt hier …«

»Klar«, entgegnete ich. Zugegebenermaßen hatte ich mit dem Wohnungsmarkt bisher wenig Kontakt – großer Vorteil des Hoferben. Und manchmal auch großer Nachteil …

»Erst mal prost!«, wechselte ich das Thema. »Danke fürs Bier, das hatte ich echt bitter nötig.«

»Immer gern. Aber was war denn los bei dir? Habt ihr jemanden festgenommen?«

»Ach, das Übliche. Verfolgungsjagd und so«, wiegelte ich ab.

»Ging es um den Wöhrle-Mord?«

»Ach, Andre, da darf ich doch eigentlich nicht drüber reden. Aber Max und du, ihr seid jetzt wohl endgültig aus dem Schneider. Wobei, wegen der ganzen Sache hab ich eigentlich noch ein Hühnchen mit euch zu rupfen. Im Ernst, bringt mich nie mehr in so eine Situation!«

»Geht klar. Hab ich nicht vor.«

Wieder wanderte mein Blick durch das Zimmer und zurück zu unseren unbeschwerten Jugendtagen. Mein Blick blieb an dem Poster hängen.

»Christina Aguilera, ernsthaft?«

Irgendetwas flackerte schwach in meinem Bewusstsein auf. Mein Gehirn versuchte, eine synaptische Verbindung zu knüpfen, doch der Moment verging so schnell, dass ich den Gedanken einfach nicht zu fassen bekam.

✳✳✳

Sie dürfen uns nicht einsperren.

Ich wollte doch nur spielen. Du warst dagegen. Hast nicht verstanden, warum du immer wieder vor diesem Haus standest. Du hast doch nichts getan.

Der Meister der Dunkelheit. Ich habe ihn beobachtet, ihn und seine geflügelten Diener.

Du sagst, ich bin krank. Ist das der Dank? Der Dank dafür, dass ich dich aus der Dunkelheit befreit habe? Ich bin nicht krank, hahaha. Ich möchte nur, dass das Rascheln und Flattern ein Ende findet.

Sie dürfen mich nicht einsperren. Nicht noch einmal. Denn dann drehe ich durch.

Neun

Raphael Zimmermann war schlussendlich doch gefasst worden und saß in U-Haft wegen des versuchten Einbruchs in Wöhrles Villa. Offensichtlich hatte er erfolglos probiert, die Terrassentür mit einem Brecheisen aufzustemmen. Vielleicht hatte er gedacht, die Alarmanlage sei aus, jetzt, wo der Eigentümer tot war? Oder er hatte gar nichts gedacht, sondern einfach gehandelt. Vielleicht machte in seinem wirren Kopf ja alles Sinn. Für mich ergab es jedenfalls keinen. Im Gegenteil – dieser wenig raffinierte Einbruchsversuch passte für mich nicht zu dem spurenlosen Mord. Oder war das gar kalkulierte Absicht, um mich von seiner Unschuld zu überzeugen? Auf jeden Fall würde Zimmermann jetzt nicht so schnell wieder wegrennen. Die Belegschaft von MALAD würde zumindest in ein paar Stunden ins Wochenende fliehen, und ich wollte nicht bis Montag warten. Ich wollte etwas tun. Einen Sinn in der ganzen Scheiße finden. Also ließ ich mich von Mike zu Hause abholen. Mir schmerzte mittlerweile jeder Knochen, sodass selber fahren keine Option gewesen war.

»Sie schon wieder?«, begrüßte uns Frau Dr. Binninger wenig erfreut in Wöhrles ehemaligem Büro. »Ich hoffe, es stört Sie nicht, wenn wir hier währenddessen weiter aufräumen?« Dr. Binninger und Jeanette hatten wohl gerade begonnen, Wöhrles Büro auszuräumen. Auf dem

Gang stapelten sich bereits Kartons voller Unterlagen, die offensichtlich stattdessen die Regale füllen sollten.

»Ihnen auch einen schönen guten Morgen«, erwiderte ich sarkastisch. »Deute ich den Vorgang hier dahingehend richtig, dass ich Ihnen zur Beförderung gratulieren darf?«

»Sie dürfen, in der Tat.« Dr. Binninger wollte abgeklärt wirken, aber konnte sich ein triumphales Leuchten ihrer Augen nicht verkneifen.

»Guten Morgen«, grüßte nun auch Jeanette. Ihr schüchternes Lächeln galt dabei allerdings ausschließlich Mike, der ihren Gruß mit einem betont lässigen Nicken erwiderte. Jeanette hatte soeben sämtliche Zeitungsartikel von einer großen Pinnwand abgehängt und fuhr nun fort, weitere Symbole von Wöhrles Selbstbeweihräucherung unsanft in einen alten Karton zu schmeißen. Soeben folgte ein »Certificate of Excellence«, danach der gerahmte Masterabschluss mit summa cum laude der Technischen Universität München.

»Wollen Sie auch was von uns wissen, oder sind Sie hergekommen, um die Aussicht hier zu genießen?«, stichelte Dr. Binninger, nachdem ich mehrere Sekunden stumm vor mich hin gestarrt hatte.

Mir war gerade etwas eingefallen. Etwas Schockierendes. Aber mein geschundener Schädel war noch nicht in der Lage, es richtig zu fassen.

»Gott, was ist denn mit Ihnen passiert?« Die Binninger hatte ihre Bemühungen, den Schreibtisch auszuräumen, eben unterbrochen und mich offensichtlich erst jetzt nach meinem kurzen Aussetzer nähergehend betrachtet. »Sie sehen echt übel aus. Hatten Sie einen Unfall?«

Aus dem morgendlichen Blick in den Spiegel wusste ich, dass mein ganzes Gesicht noch geschwollen war und sich das Muster des Airbags in Form kleiner geplatzter Äderchen und minimaler Schwellungen in mein Gesicht eingeprägt hatte. Ehrlich gesagt fühlte ich mich nicht so fit, wie ich zuerst angenommen hatte, aber ich wollte mir vor Dr. Binningers autoritärer Ausstrahlung keine Blöße geben und darum bitten, mich irgendwo hinsetzen zu dürfen. Vermutlich war ich kreidebleich, was die roten Äderchen noch mehr betonte.

»Ja, nicht weiter schlimm«, antwortete ich. »Es tut mir leid, dass wir Ihnen erneut Umstände bereiten. Aber wir möchten heute noch mal mit allen reden, die mit Wöhrle in den vergangenen beiden Jahren hier zusammengearbeitet haben oder die sonst wie mit ihm zu tun hatten.«

»Das kann aber länger dauern«, meinte Dr. Binninger nicht sonderlich begeistert.

»Das wird es, und deswegen fangen wir gleich heute damit an. Mein Kollege und ich brauchen … Verdammte Scheiße!«, entfuhr es mir.

Alle zuckten zusammen.

»Brauchen Sie etwas? Eine Kopfschmerztablette vielleicht?«, fragte Jeanette besorgt.

»Was? Nein!«

Manchmal sieht man etwas, ohne es wirklich wahrzunehmen. Das Gehirn versucht, eine Verbindung herzustellen, doch wird es oft durch andere Sinneseindrücke abgelenkt. Oder durch Bier. Bis der Verknüpfungsprozess dann durch eine neue Info wieder angestoßen wird.

»Frau Dr. Binninger, Sie sind doch wahrscheinlich Expertin in der Akademikerwelt.«

»Nun ja«, gab die Angesprochene sich geschmeichelt.

»Kann man an einer Uni eingeschrieben sein, sagen wir mal, am KIT in Karlsruhe, und trotzdem an anderen Unis, sagen wir mal, der TU München, mitwirken?«

»Selbstverständlich. Das ist sogar alles andere als unüblich. Die technischen Universitäten in Deutschland arbeiten eng zusammen. Im technischen Bereich sind die Experten oft rar. Daher mag es durchaus sinnvoll sein, auch mal einen Online-Fortbildungskurs des KIT zu besuchen oder auch an einem nationalen Forschungsprojekt dort teilzunehmen.«

»Das heißt, bei so einem Forschungsprojekt können Physiker oder Physikstudenten aus ganz Deutschland in München zusammenkommen und dort 'ne Zeit lang zusammenarbeiten?«

»Genau. Der Großteil ist sicher von der TU selbst – aber klar, Kooperationen mit anderen Forschungseinrichtungen sind extrem wichtig. Wenn jeder nur sein eigenes Süppchen kocht, kommt man nie voran.«

»Und wie lange geht so ein Projekt?«

»Das ist total unterschiedlich. Das kann ein einwöchiges Kompaktding sein oder sich über ein, zwei Semester erstrecken. Was ist daran so interessant für Sie?«

Ich zog den verständnislos dreinblickenden Mike zu mir.

»Was, wenn sich Wöhrle und Andre Fischer doch schon länger kennen? Von einem Forschungsprojekt an der TU München?«, raunte ich Mike zu.

»Wie kommst du jetzt da drauf?«

»In Andres Zimmer. Da hing so 'n Zertifikat von der TU München.«

»Andre Fischer?«, horche Frau Dr. Binninger auf. »Ich habe keine Ahnung, ob die sich von der TU kennen, aber von MALAD kennen sie sich auf jeden Fall!«

»Wie bitte?«

»Andre Fischer, der andere Bewerber um die Leitungsstelle hier. Der hatte genauso an der Echolotsache geforscht wie der Wöhrle. Die kannten sich bestimmt. Das Feld ist so neu, es ist schon erstaunlich, dass sich zwei Bewerber mit diesem Wissen hier beworben haben. Haben wohl beide erkannt, was für ein Potenzial das für uns hier hat.«

»Und Wöhrle schnappte Andre die Stelle weg?«, fragte ich gespannt.

»Nun ja. Ich weiß natürlich nicht genau, wer im Vorstand für wen gestimmt hat. Aber mir wurde glaubhaft versichert, dass es sehr knapp war. Zwischen mir und Wöhrle. Herr Fischer mit seinen Theorien mag durchaus brillant in seinem Gebiet sein. Aber er war halt, wenn ich das so sagen darf, ein typischer theoretischer Physiker. Die leben in ihrer eigenen Welt aus Zahlen und Formeln. Aber als Entwicklungsleiter brauchen Sie auch ein wenig wirtschaftliche Weitsicht, Führungsqualitäten, respektables Auftreten und ein paar Soft Skills. Wie gesagt, ich will die Kompetenz des Herrn Fischer als Physiker überhaupt nicht bestreiten, aber ich bin mir sicher, er wäre hier nicht so aus dem Nichts Entwicklungsleiter geworden. Revolutionäre Technik hin oder her.«

Das war höchst interessant.

»Vielen Dank, Frau Dr. Binninger. Sie haben uns sehr geholfen. Mike – wir fahren!«

»Wohin?«

»Zu Andre.«

»Ich weiß nicht, ob es zum jetzigen Zeitpunkt schon klug ist, die Pferde scheu zu machen«, gab Mike zu bedenken. »Wir haben doch noch nichts in der Hand, außer dass die beiden sich vielleicht kannten.«

»Ich will wissen, was der uns verschwiegen hat!«, rief ich wütend.

Aber Mike hatte ja recht.

Da fiel mir jemand anderes ein, von dem wir vielleicht mehr erfahren konnten.

***

Mikes Finger verharrte wie versteinert zwei Zentimeter vor dem Klingelknopf. Eine Abfrage der Meldedaten hatte erbracht, dass Karolin – Andres Ex-Freundin – derzeit bei der Adresse ihrer Eltern auf einem schön hergerichteten ehemaligen Hof im hinteren Kohlenbach gemeldet war. Ob sie hier auch wirklich wohnte, würden wir gleich herausfinden. Vorausgesetzt, Mike überwand endlich seine Schockstarre und drückte auf die Klingel.

»Hast du 'nen Systemabsturz, oder wird das heute noch was?«

Mike glotzte nach wie vor wie ein Fisch auf das sehr klein gedruckte Klingelschild.

»Sorry, ich brauch wohl echt mal 'ne Brille, aber so ein Nerdlook steht mir leider gar nicht. Ich fürchte, wir sind falsch. Meintest du nicht, du kennst die Adresse ihrer Eltern? Bechererhof, sagtest du?«

»So ist es. Glaub mir, wir sind hier richtig.«

»Aber auf dem Klingelschild steht: ›Schätzle‹.«

»Und?«

»Sollten auf dem Bechererhof nicht Becherers wohnen?«

»Ach, vor drei Generationen oder so hatte mal der Bechererbuur nur eine Tochter als Hoferbin, die hat dann 'nen Schätzle geheiratet und seitdem heißen sie hier Schätzle.«

»Hätte man den Hof nach vermutlich bald hundert Jahren nicht mal in Schätzlehof umbenennen können?«

»Nee, das geht nicht. Den Schätzlehof gibt's doch

schon. Sind die Nachbarn übers Feld. Namen haften dir hier lange an. Da hatten die Schätzles im Bechererhof noch Glück, am Ortsausgang von Kollnau sind wir am Nazi-Hof vorbeigefahren.«

»Toll! Dann müssen die Nachkommen also für die Sünden ihres Urgroßvaters büßen?«

»Welche Sünden?«

»Na, der war ja wohl ein Nazi, Gauleiter im Ort, SS, keine Ahnung?«

»Ach was. Du denkst mal wieder viel zu kurzfristig. Im Schwarzwald mahlen die Mühlen langsam. Der Hof hieß schon im 18. Jahrhundert so. Da wusste man noch nicht mal, was ein Nazi sein soll.«

»Und wie kam man dann auf diesen Namen?«

»Na, wie hier. Wegen des Bauern. Der hieß wohl Ignaz – Rufname Nazi.«

Mike konnte es nicht fassen. »Und den nennt man bis heute so? Trotz des schlechten Rufs, der bei dem Namen so dezent mitschwingt? Wegen eines zweihundert Jahre alten Spitznamens?«

»Bald dreihundert, aber ja, so ist das halt. Wenn man aufm Dorf mal 'nen Namen hat, wird man den nicht so schnell los, und Verwandtschaft ist hier wichtig.«

»Manchmal spinnt ihr Schwarzwälder wirklich.« Mike schüttelte den Kopf und drückte endlich auf die Klingel.

»Was heißt da ›ihr Schwarzwälder‹? Wo kommst du denn her?«

»Aus Freiburg.« Kosmopolitischer Stolz schwang in seiner Stimme mit.

»So? Ihr Freiburger sucht euch ja situativ gern raus, ob ihr jetzt Schwarzwälder sein wollt oder nicht, habe ich den Eindruck.«

Bevor wir die Diskussion fortsetzen konnten, öffnete

sich die Tür, und Karolin Schätzle sah uns mit fragendem Blick an.

»Ob mir der Name etwas sagt?« Karolins Augen rollten genervt, und ihre nüchterne Höflichkeit, mit der sie uns den Platz auf der Sitzbank des Kachelofens angeboten hatte, wich nur mühsam im Zaum gehaltener Wut. »Bitte hört mir auf mit dem! Ich kann diesen Namen nicht mehr hören«, schnaubte sie. »Andre hatte eine regelrechte Obsession gegen diesen Boris Wöhrle entwickelt. Boris war an allem schuld. Daran, dass Andre keinen Job hatte. Daran, dass wir nicht in 'ner tollen Villa wohnten. Am Schluss war er fast noch schuld am Ende unserer Beziehung.«

»Wirklich?«

Karolin saß kerzengerade in ihrem Sessel, bevor die Anspannung aus ihr wich und sie in die weichen Polster des Ohrensessels zurückglitt. »Andre kann sich sehr in Dinge hineinsteigern. Im Guten wie im Schlechten. Als wir uns kennengelernt haben ... Ich weiß, es gibt schönere Männer als ihn. Aber ich war sein Fixstern, er ist um mich gekreist, hat mir jeden Wunsch von den Lippen abgelesen. Das hat mir geschmeichelt, mein Selbstwertgefühl gestärkt. Ich war jemand sehr Bedeutsames, zumindest für ihn. Er hätte alles für mich gemacht. Das Gleiche galt für sein Studium. Er ging auf seine Weise unglaublich darin auf. Andre kennt keine halben Sachen. Wenn er einmal angebissen hat und für etwas brennt, ist er nicht zu stoppen und entwickelt eine ungeheure Energie.« Karolins Augen leuchteten ein wenig auf, als sie so über ihren Ex sprach, aber ihre Stimme blieb kühl. »Das hat mich immer an ihm fasziniert, auch wenn ich nie so radikal sein könnte wie er. Er ist wirklich etwas

Besonderes. Unglaublich klug, zielstrebig, kreativ auf seine Weise.«

»Und warum seid ihr dann nicht mehr zusammen, wenn ich fragen darf?«

»Na ja …« Nachdenklich ließ Karolin ihren Blick durchs Wohnzimmer ihres Elternhauses schweifen.

Das Herz der Stube bildete der uralte glasierte Kachelofen mit einer kleinen Sitzbank, auf der Mike und ich Platz genommen hatten und die während der kalten Jahreszeit sicher der begehrteste Platz im Hause war. Der alte Dielenboden war aufwendig abgeschliffen und versiegelt worden und strahlte förmlich im Licht der in die Decke integrierten Beleuchtung. Hängende Lampen wären bei der niederen Deckenhöhe, die das Leben in einem alten Hof, und sei er noch so schön renoviert, nun mal mit sich brachte, auch echte Hindernisse gewesen. Beim Durchschreiten jeder Zimmertür hatte ich den Kopf unter den massiven Holzbalken einziehen müssen, doch das ganze Haus strahlte eine urgemütliche Atmosphäre aus.

»Der Anfang vom Ende …«, wollte Karolin fortfahren, musste aber kurz innehalten. Offensichtlich litt auch sie unter dem Ende der Beziehung, auch wenn sie sich selbst dafür entschieden hatte. »… hat vielleicht wirklich mit Boris Wöhrle zu tun.« Sie bemerkte meine Verwunderung und deutete sie falsch. »Nein, nicht wie du denkst. Gegen solche Typen bin ich immun. Aber Andre war regelrecht besessen vor Neid gegenüber allem, was Wöhrle erreicht hatte.

Die beiden haben sich im Studium kennengelernt. Haben beide ein Forschungssemester bei Professor Winkelmann gemacht. Das ist anscheinend die Koryphäe auf dem Gebiet der Biophysik. Ich habe von so was keine Ahnung, auch wenn Andre wochenlang von nichts anderem mehr reden konnte. Er meinte, er wäre an was ganz Großem dran. Er saß nächtelang am Laptop. War kaum mehr von seinem Schreibtisch wegzubekommen. Irgendwas mit Echoortung bei Fledermäusen und Phasenverschiebung, was weiß ich, und was das für ein Potenzial bergen würde. Er hat dann seine Masterthesis darüber verfasst. Mit summa cum laude. Er war so euphorisch und dachte, ihm steht nun die ganze Welt offen.

Na, und dann hat er sich beworben. Erst bei MALAD, weil er wieder in die alte Heimat wollte, wir hatten von seinem Opa ein Grundstück geerbt und wollten bauen. Direkt in Kollnau, und da ist ja das perfekte Unternehmen für seine Technik, MALAD, direkt vor der Haustür. Er hielt das für Schicksal. War total siegessicher. Es war eine schöne Zeit.« Karolins Blick wurde glasig, als sie an die schönen Tage zurückzudenken schien. Sie musste kurz Luft holen. Ihre Stimme fing sich wieder, behielt aber einen bitteren Beigeschmack.

»Aber dann hat ihm Wöhrle die Stelle weggeschnappt. Andre hatte ihm seine Masterthesis zum Korrekturlesen überlassen, und der hatte seine Erkenntnisse wohl einfach für seine eigene geklaut. Andre hat sogar Klage eingereicht, aber irgendwie schien das in München niemanden groß interessiert zu haben. War ja auch schwer zu beweisen, wer nun zuerst die Idee hatte und dass Wöhrle da nicht selbst draufgekommen ist. Einfach dumm den Text kopiert hat er wohl nicht, dafür ist er zu klug.

Na ja, und dann hat das mit MALAD eben nicht geklappt. Ich habe Andre gut zugesprochen, dass er bestimmt woanders was finden wird. Aber er war so sauer, dass ihm das, was ihm seiner Meinung nach zustand, und vermutlich hat er damit ja auch recht, geklaut worden war. Wollte sich reinklagen auf die Stelle, aber die Anwälte haben ihm klargemacht, dass er da keine Aussicht auf Erfolg haben würde. Er wollte Wöhrle immer wieder zur Rede stellen, aber der hat ihn einfach ignoriert. Irgendwann hat er sich dann endlich auch woanders beworben. Direkt bei den Autoherstellern. BMW, Audi, Mercedes. Aber die haben ihn alle nicht für ganz voll genommen. Haben ihm zwar eine Stelle angeboten, aber immer weit unter dem Geltungsbereich, der ihm, dem großen Genie, für seine bahnbrechende Entdeckung seiner Meinung nach zustand. Ich habe ihm gesagt, er solle halt mal klein anfangen. Normales Ingenieursgehalt bei Mercedes kann sich echt sehen lassen. Aber zu dem Zeitpunkt war Andre … Er war nicht mehr er selber. Nicht der Andre, den ich kennengelernt hatte. Er war depressiv, voller Selbstmitleid, manisch besessen. War nur fixiert auf Wöhrle, seine Villa, seine heißen Frauen, seine Stellung bei MALAD. Er hat regelrecht Artikel über ihn gesammelt, über den ganzen Ruhm, der eigentlich ihm zustand. Er wurde immer fahriger, in anderen Dingen. Unkonzentriert. Total untypisch für ihn. Dazu dann noch der ganze Stress mit dem Hausbau, der nicht vorwärtsgehen wollte. Mit dem ausbleibenden Gehalt von ihm, das wir dringend brauchten. Wir haben uns immer öfter gestritten, und der Ofen war einfach aus. Da war nicht mehr viel Liebenswertes an ihm. Wir haben uns in den letzten zwei Jahren einfach auseinandergelebt.«

Karolin hatte sich richtig in Fahrt geredet. Schien froh darüber zu sein, jemandem das alles endlich mal erzählen zu können. Vielleicht war sie mit ihrem Freundeskreis während der Beziehung ähnlich nachlässig umgegangen wie Andre. Jetzt, nachdem sie tief Luft geholt und ihre Gefühle augenscheinlich wieder geordnet hatte, schien sie erst zu registrieren, mit wem sie eigentlich gerade redete.

»Warum fragt ihr denn nach Boris Wöhrle? Was ist mit dem?«

»Er wurde ermordet, hast du das nicht mitbekommen?«

»Aber doch nicht … Nein, Andre war sauer, über alle Maßen … Aber er ist ein guter Kerl. Er würde doch nicht einfach jemanden umbringen. Nicht mal Boris Wöhrle.«

»Bist du dir da so sicher?«

Karolin zögerte. Schließlich gab sie zu: »Ich weiß nicht. Ich kann mir das einfach nicht vorstellen. Vielleicht … Wenn es jemanden gibt, den er …« Karolin schluckte, konnte das Unfassbare, das sich ihr offenbart hatte, nicht mal aussprechen. »Also wenn, dann Wöhrle.«

»Eine letzte Frage: Hat Andre einen 3D-Drucker?«

Karolin brauchte ein paar Sekunden, bis sie reagierte. »Was? Einen 3D-Drucker?«, stammelte sie geistesabwesend. »Nein. So was hatten die doch bestimmt ohnehin am KIT. Ich weiß aber nicht, ob Andre den je benutzt hat. Er ist nicht so der Bastler.«

***

Zurück im Dienstwagen wollte Mike sofort die Kollegen verständigen und zu Andres Wohnung, die eigentlich die Wohnung seiner Eltern war, beordern, aber ich musste erst ein anderes Telefonat führen. Ich konnte es nicht fassen. Sollte Max da wirklich mit drinhängen? Max, den ich schon seit Kindertagen kannte? Bei einem Mord? Welches Interesse sollte er an dem Tod von Wöhrle haben?

Es tutete schon zum sechsten Mal, als Max endlich abnahm.

»Salli, Max«, fiel ich ihm noch während seiner Begrüßung ins Wort. »Pass auf. Es ist jetzt wichtig, dass du dich ganz genau erinnerst und meine Fragen ehrlich beantwortest!«

»Öhm … okay«, murmelte Max eingeschüchtert. Er schien sofort zu erahnen, dass es um etwas Dienstliches gehen musste.

»Die Idee mit dem Wasserabpumpen: War das deine oder die von Andre?«

»Des war mieni Idee. Hob ich dir doch schu mol gsait, dedmols uff de Poolparty.«

»Okay. Wie kamt ihr beide noch mal auf das Thema?«

»Na ja, de Andre het gfrogt, ob er kurz vorbeikumme konn. Er bräucht dringend ebba zum Schwätze. Er dät au e Sixer Kräuse mitbringe. Do konn ich jo schlecht nai sage, au wenn mich des Gonze e wing gwundert het.«

»Warum gewundert?«

»Na, mir kenne uns jo eigentlich über dich. Andre war no nie bi mir deheim un ich au nid bi ihm. Au früher nid. Mir ware e paar mol zemme uff de Pischde, aba meh au nid.«

»Okay, und wie ging's weiter?«

»Ach, mir hänn so über sell und jenes gschwätzt. Ich hob schu Schiss kho, dass er Beziehungstipps vun mir will, wege de Karolin. Aba nei, er het wege dere Sach mit dem Pool ohgfonge un dass er des wirklich durchziege will un er jo do selli Baugrube hätt, aba gmerkt hätt, dass ma die nid so eifach vollkriegt. Na ja, un donn het er gmeint, er frogt halt mol mich, weil ich jo beruflich mit so was z' due honn. Ich hob erst überlegt, was er meint, weil ich als Elektriker jo jetzt eher selten was mit Pools z' due hob. Aba donn isch er mit dere Sach mitm Tunnel kumme, wo ich jo grad schaff.«

»Würdest du es für möglich halten, dass er dich genau dahin gelenkt hat? Dass er von Anfang an wollte, dass du früher oder später die Idee mit dem Saugheber haben würdest?«

»Du trausch mir echt nix zu, odda?«

»Doch, das war jetzt nicht so gemeint – aber es könnte doch sein, oder?«

»Joa, wenn ich mir die gonz Aktion jetzt no mol unter dem Gsichtspunkt ohguck: Könnt schu si. Ohne mich wär Andre nie on des Teil drokumme. Un wenn er mich eifach so gfrogt hätt, hätt ich sicher au nid ›Ja‹ gsait. Aba so war des irgendwie nid nur sieni Poolparty, sondern au mieni un au irgendwie mieni Idee. Des war doch au eigentlich echt saucool, odda? Ich mein, wenn des mit dem Mord nid gsih wär.«

»Auf jeden Fall. Danke, Max, ich muss auflegen.«

Mike sah mich streng an. »Vor Gericht nennt man das ›Suggestivfragen‹.«

»Was?«

»Na, du hast deinem Freund die Worte ja fast in den Mund gelegt, damit er das sagt, was du hören wolltest.«

»Ja, vielleicht. Aber zeigt das nicht, dass das auch Andre mit Max hätte machen können?«

Mike blickte mich skeptisch an.

»He, wo fährst du eigentlich hin?«, rief er plötzlich, als ich die Schnellstraße bei der Abfahrt Waldkirch-Nord verließ.

Ich antwortete nicht.

»Äh, okay? Müssen wir tanken, oder was? Wendelin? Hallo?«

Am liebsten hätte ich ihn rausgeschmissen.

Mit quietschenden Reifen kam ich vor Andres Elternhaus zu stehen und sprang aus dem Wagen. Mike eilte irritiert hinterher.

»Fischer?«, rief er, als er das Klingelschild erreicht hatte. »Du willst Andre verhaften? Sollten wir da nicht Verstärkung holen? Und das irgendwie absegnen lassen?«

»Jetzt mach dir mal nicht in die Hose«, knirschte ich und klingelte. Hoffentlich waren Andres Eltern nicht zu Hause, die würden alles nur noch schlimmer machen.

Nichts regte sich.

Ich klingelte Sturm.

Da riss Andre die Tür auf. »Jaaa, was ist denn?« Er verstummte sofort, als er meinen Gesichtsausdruck sah. »Wende?«, fragte er unsicher.

»Mitkommen!«, sagte ich nur und packte ihn am Arm. In mir brodelte es. Wie hatte er mich nur so verarschen können? Ich hielt mich nicht gerade für den schlechtesten Polizisten und gab große Stücke auf meine Intuition. Und trotzdem hatte Andre, den ich seit Jahren kannte und dem ich vertraut hatte, auch wenn er zugegebenermaßen schon immer ein etwas komischer Kauz gewesen war, mich so an der Nase herumführen können?

»Wieso?«

»Du bist dringend tatverdächtig, Boris Wöhrle umgebracht zu haben.«

»Dein Ernst?«, rief Andre schockiert und versuchte, sich aus meinem Griff zu winden. Dank Mikes Unterstützung gelang ihm das nicht.

»Wie konntest du nur einen unschuldigen Menschen töten?«, brach es aus mir heraus. Die Verzweiflung in meiner Stimme konnte ich nicht unterdrücken. Die Verhaftung meines Kollegen Martin Dörrsam im Frühjahr war schon heftig gewesen und hatte mein Vertrauen in die Welt und auch in mich selbst und mein Bauchgefühl arg erschüttert. Und jetzt das!

»Unschuldig?«, schrie Andre nur. Dann hüllte er sich in Schweigen und ließ sich widerstandslos abführen.

Zehn

»Danke für die Einladung«, sagte ich und setzte mich zu Ann-Sophie.

Der schmale Hinterhof des Eiscafés bot etwas Schutz vor der schwülen Hitze und dem Lärm der Straße. Ann-Sophie passte mit ihrem bunten Sommerkleid hervorragend zu den wild wuchernden exotischen Pflanzen, die den Hinterhof wie eine kleine Oase wirken ließen. Ein zarter Blütenduft lag in der Luft.

Ann-Sophie sah mal wieder einfach bezaubernd aus, trotz der immer noch deutlich sichtbaren Schramme auf ihrer Stirn.

»Ich habe dir zu danken. Ohne dich wäre ich nicht mal mehr in der Lage, einen Eisbecher zu löffeln. Du hast mir das Leben gerettet.«

Was sollte man darauf antworten? Also schwieg ich und blickte Ann-Sophie versonnen an.

»Wie geht's dir wegen deinem Freund?«

»Wegen Andre? Andre ist nicht mein Freund, jetzt schon zweimal nicht mehr, und davor waren wir auch nicht so dicke. Ich bin nur froh, dass Max da nicht drinhängt. Das hätte mich wirklich an meinem Verstand zweifeln lassen. Wir kennen uns seit der Grundschule, und Max ist der liebste Mensch, den ich kenne. Auch wenn sein aggressiver Fahrstil das nicht erahnen lässt.«

»Ich habe gehört, eine flotte Fahrweise und ein gutes

Gemüt schließen sich überhaupt nicht aus.« Ann-Sophie
lächelte mich schelmisch an.

»Ganz bestimmt nicht.«

Ich lachte ebenfalls, aber offensichtlich nicht ganz so
locker wie gedacht. Denn Ann-Sophies Augen wurden
wieder ernster.

Besorgt fragte sie: »Aber irgendwie bedrückt es dich
schon noch, oder?«

»Ach, eigentlich nicht. Aber ... ich versteh nicht, wieso
Andre nicht einfach gestanden hat. Er hat nichts gesagt.
Kein Wort. Ich hätte ihm am liebsten eine verpasst. Und
gestern habe ich von Joachim erfahren, dass Andres Anwalt auf unschuldig plädiert. Damit kommt er doch hoffentlich nicht durch, oder?«

»Du hast mit Joachim Mayer geredet?«, fragte Ann-
Sophie überrascht.

»Nee«, lachte ich. »Er hatte einen Wutausbruch in seinem Büro und hat in sein Telefon gebrüllt. Ich fürchte, er
wird mir nie ganz verzeihen, dass Mike und ich einfach
ohne ihn *seinen* Tatverdächtigen festgenommen haben.
Aber das ist mir herzlich egal.«

»Weil du ihm wiederum nicht verzeihen kannst, dass
er von Anfang an recht hatte?«

»Ja, schon möglich. Aber er hatte nur zur Hälfte recht«,
stellte ich sogleich klar.

»Um auf deine Frage zurückzukommen: Ich hoffe ganz
schwer, dass Andre mit seinem Schweigen nicht durch-
kommt. Aber bei unseren Gerichten bin ich mir nie ganz
sicher. Du weißt ja, im Zweifel für den Angeklagten. Und
viele handfeste Beweise haben wir nicht.«

»Ja, weil Andre die penibel vernichtet hat mit seinen
verschleierten Internetrecherchen. Auf den 3D-Drucker
am KIT hatte er auch Zugriff. Ich meine, das ist ein Cam-

pus. Da kommt ja erst mal jeder rein, und er kannte sich dort aus, die Leute kannten ihn. Über Nacht den 3D-Drucker laufen zu lassen und nachher alles zurückzusetzen ist jetzt kein großes Problem.«

»Das stimmt. Und wir haben ein handfestes Motiv. Ich hoffe nur, Karolin sagt das mit Andres Besessenheit von Wöhrle auch im Zeugenstand klar aus.«

»Das weiß man natürlich nie. Immerhin waren sie jahrelang ein Herz und eine Seele. Aber ich bin da ganz guter Dinge. Außerdem können wir den Tatverlauf gut nachbilden. Andre hatte ja zu Max gesagt, dass er jemanden im Garten gesehen hätte, woraufhin Max sofort die Flucht ergriff. Max dachte natürlich, dass Andre ihm folgen würde und sie sich dann beim Wegrennen über die Gärten irgendwie verloren hätten. Aber Max hat Andre erst eine Viertelstunde später wieder unten an der Baugrube getroffen. Genügend Zeit für Andre, um die Flucht anzutäuschen, in die Villa einzusteigen und Wöhrle zu erschießen. Außerdem hat Andre eine Drohne. Daher kann er gewusst haben, dass Wöhrle immer bei offenem Fenster schläft und wo die Kameras sind. Er hat auch gewusst, dass es keinen Weg rein gibt, ohne gesehen zu werden, und sich über Max sozusagen eine Art Alibi verschafft.«

»Ich denke auch, die Kameras sind unser größter Trumpf. Sie zeigen, dass man anders einfach nicht reinkam, außer genau in dieser Nacht.«

»Apropos, kam die Funkzellenabfrage eigentlich schon rein? War Zimmermann in der Nacht auch vor Ort? Wenn Andres Anwalt das mitbekommt, könnte er das unter Umständen ausschlachten und Zweifel säen.«

»Ich habe gar nicht mehr geschaut, sorry. Du weißt ja …«

»Du brauchst dich nicht entschuldigen. Wenn du gewollt hättest, hättest du dich noch zwei Wochen länger krankschreiben lassen können.«

»Das ist nicht so mein Stil.«

»Ich weiß, dafür bist du viel zu korrekt.«

»Apropos korrekt. Bitte verzeih mir die Nachfrage, aber du warst doch dabei, bei dieser Schlägerei am Waldkircher Stadtfest. Ist dir nicht aufgefallen, dass die beiden sich kannten?«

»Nein. Ich weiß, du denkst wieder, ich hätte zu viel getankt gehabt oder so. Aber ich glaube, die hatten sich einfach nichts mehr zu sagen, über alte Zeiten wollten sie jedenfalls nicht quatschen, und Andre ist ohnehin einer, der nicht den offenen Konflikt sucht, sondern eher alles in sich reinfrisst. Klar habe ich bemerkt, dass Andre Wöhrle nicht leiden kann. Aber da der gerade dabei war, ihm die Mädels abspenstig zu machen, hat mich das nicht weiter verwundert.«

»Okay, verstehe. Ich hoffe, Zimmermann kommt wieder in die Geschlossene«, lenkte Ann-Sophie ab und nahm dankend ihren eben von der Bedienung gebrachten Joghurt-Eisbecher mit Früchten entgegen.

»Bestimmt. Nach dem, was passiert ist.«

Raphael Zimmermann war bei seiner Festnahme wohl komplett außer Rand und Band gewesen und hatte einigen Kollegen Kratz- und gerüchteweise sogar richtige Bisswunden beigebracht – von verbalen Angriffen ganz zu schweigen.

»Na ja, wenn man jemanden mit Verfolgungswahn bei einer Verfolgungsjagd verfolgt, ist ihm nicht schwer anzulasten, wenn er da durchdreht«, gab sie augenzwinkernd zu bedenken.

»Unter Verfolgungswahn leidet der auch? Reicht diese dissoziative Identitätsstörung nicht?«

»Ich glaube, so was tritt selten als einzelne Störung auf. Und der Joker fühlte sich natürlich irgendwie bedroht – von Batman.«

»Lass uns doch bitte über was anderes reden, okay?«, seufzte ich und schob mir einen großen Löffel Spaghettieis in den Mund.

»Gern.«

Versonnen beobachtete ich, wie sich Ann-Sophie mit Hingabe ihrem Eisbecher widmete.

»Was ist denn?«, fragte sie und blickte von ihrem Eis auf.

»Ach, nichts.« Und gleichzeitig auch so viel. Wo sollte ich da nur anfangen?

Ein leises, wissendes Lächeln stahl sich auf Ann-Sophies Gesicht. Sie legte ihre Hand auf meine.

Manchmal war das Leben einfach schön.

***

Warum denn so ernst? Du bist heute nicht aufgewacht, um durchschnittlich zu sein – das ist das Motto des Tages.

Nein, ich will nicht durchschnittlich sein. Denn ich stehe auf der Sonnenseite des Lebens!

Ich glaube, alles, was einen nicht tötet, macht einen komischer. Komisch ist, dass, wenn man sich nicht mehr respektlos behandeln lässt, die Leute anfangen, einen als schwierig zu bezeichnen. Ich bin gerne schwierig, sehr gerne! Alles ist besser, als durchschnittlich zu sein.

Weißt du, mit Wahnsinn ist es wie mit der Schwerkraft. Manchmal ist alles, was es braucht, ein kleiner Stoß.

Vergelt's Gott

Wir bedanken uns herzlich bei unseren Testlesern und Testleserinnen Mariele Scherzinger, Lothar Birmele, Max Sproten, Christine Nagel, Jela Hasenhindl und Anika Fuchs für die konstruktive Kritik und die zahlreichen Tipps und Anregungen.

Wir danken unseren Eltern, Familien und Freunden für die großartige Unterstützung in allen Lebenslagen. Ein besonderes »Vergelt's Gott« auch dieses Mal unseren Ur-Elztäler Großeltern für die Inspiration zu der ein oder anderen Szene.

Zu guter Letzt danken wir all denjenigen, die unser erstes Buch »Totengfriss« gekauft und uns durch ihr positives Feedback dazu ermuntert haben, einen weiteren Schreibversuch zu wagen. Wir hoffen sehr, dass auch Wendelins und Ann-Sophies zweiter Fall gefällt und den einen oder anderen zum Schmunzeln bringen konnte.